GLINDA
DE
OZ

L. FRANK BAUM
GLINDA
DE
OZ
Tradução
Úrsula Massula
Principis

Esta é uma publicação Principis, selo exclusivo da Ciranda Cultural

Traduzido do original em inglês
Glinda of Oz

Texto
L. Frank Baum

Tradução
Úrsula Massula

Edição
Michele de Souza Barbosa

Preparação
Otacílio Palareti

Revisão
Agnaldo Alves

Produção editorial
Ciranda Cultural

Diagramação
Linea Editora

Design de capa
Edilson Andrade

Imagens
welburnstuart/Shutterstock.com;
Nikitina Olga/Shutterstock.com;
shuttersport/Shutterstock.com

Dados Internacionais de Catalogação na Publicação (CIP) de acordo com ISBD

B347e Baum, L. Frank

Glinda de Oz / L. Frank Baum ; traduzido por Úrsula Massula. - Jandira, SP : Principis, 2023.
160 p. ; 15,50cm x 22,60cm. (Terra de Oz ; vol.14)

Título original: Glinda of Oz
ISBN: 978-65-5552-788-9

1. Literatura americana. 2. Amizade. 3. Magia. 4. Dorothy. 5. Fantasia. 6. Clássicos da literatura. 7. Bruxa. I. Massula, Úrsula. II. Título. III. Série

2022-0868 CDD 813
CDU 821.111(73)-3

Elaborado por Lucio Feitosa - CRB-8/8803

Índice para catálogo sistemático:
1. Literatura americana : 813
2. Literatura americana : 821.111(73)-3

1ª edição em 2023
www.cirandacultural.com.br

Esta obra reproduz costumes e comportamentos da época em que foi escrita.

Em que são relatadas as experiências emocionantes da princesa Ozma de Oz e de Dorothy, em sua arriscada aventura rumo ao lar dos Flatheads e à Ilha Mágica dos Skeezers, e como as garotas foram resgatadas de um terrível perigo pela feitiçaria de Glinda, a Boa.

por L. Frank Baum, "Historiador Real de Oz"

Este livro é dedicado a meu filho
Robert Stanton Baum

SUMÁRIO

AOS LEITORES

Glinda, a Boa, adorável feiticeira da Terra de Oz e amiga da princesa Ozma e de Dorothy, tem muitos conhecidos próximos que querem saber mais sobre ela. Então, na nova fábula de Oz, o Sr. L. Frank Baum, Historiador Real de Oz, dedica um livro inteiro a como Glinda e o Mágico reuniram todas as suas forças para salvar a princesa Ozma e Dorothy dos terríveis perigos que as ameaçaram quando as duas garotas estiveram entre as tribos rivais Flatheads e Skeezers.

A perversa rainha Co-ee-oh, uma bruxa vaidosa e má, foi a culpada por isso. Ela fez com que os presentes na Ilha Mágica dos Skeezers enfrentassem grandes dificuldades. Enquanto o senhor Baum conta-lhes como todos na Terra de Oz ficaram preocupados com Ozma e Dorothy e relata a feitiçaria fascinante executada por Glinda para salvá-las, vocês ficarão empolgados com a emoção e admiração que sentirão. O historiador revela os mistérios mais ocultos da magia.

O senhor Baum fez o possível para responder a todas as cartas dos seus pequenos amigos aqui da Terra antes de precisar deixá-los, mas ele não conseguiu, pois eram muitas. Em maio de 1919, ele nos deixou para levar suas histórias às crianças do mundo espiritual que aqui viveram há muito tempo e contar, ele mesmo, as fábulas de Oz para elas.

Lamentamos que o Sr. Baum não pôde permanecer aqui e estamos tristes em dizer que esta é sua última obra completa. No entanto, ele deixou algumas notas inacabadas sobre a princesa Ozma, Dorothy e os habitantes de Oz. Prometemos algum dia colocá-las todas juntas, como um quebra-cabeça, e oferecer a vocês mais relatos da maravilhosa Terra de Oz.

Cordialmente, dos seus amigos,

Os Editores

O DEVER CHAMA

Glinda, a Bruxa Boa do Sul, sentou-se na grande corte do seu palácio, rodeada por suas damas de companhia, uma centena das mais lindas garotas da Terra de Oz. A corte fora construída com mármores raros, delicadamente polidos. Fontes tilintavam como música aqui e acolá. A vasta colunata, aberta ao Sul, permitia às damas, ao levantarem a cabeça dos bordados que faziam, contemplar uma vista dos campos em tons de rosa e muitas árvores carregadas com frutos ou flores de perfume doce. Vez ou outra, uma das garotas começava uma música, e as demais juntavam-se no refrão, ou se levantava e dançava, balançando-se graciosamente ao som de uma harpa tocada por uma das companheiras. Glinda então sorriu, feliz por ver suas damas divertindo-se enquanto trabalhavam.

De repente, entre os campos, foi visto um objeto em movimento, passando pelo longo caminho que conduzia ao portão do castelo. Algumas garotas olharam-no com inveja. A Feiticeira apenas observou de relance e acenou com seu jeito majestoso, como se estivesse contente, pois isso significava a vinda da sua amiga e soberana, a única em toda a Terra a quem Glinda se curvava.

Subindo pelo caminho, trotava um animal de madeira preso a uma charrete vermelha. Assim que o exótico corcel parou em frente ao portão, desceram da charrete duas meninas, Ozma, governante de Oz, e sua companheira, princesa Dorothy. Ambas usavam vestidos simples de musselina branca, e, à medida que subiam os degraus de mármore do palácio, riam e conversavam alegremente como se não fossem as pessoas mais importantes no reino encantado mais belo do mundo.

As damas de companhia ficaram de pé e fizeram reverência à integrante da realeza, Ozma, enquanto Glinda deu um passo à frente de braços abertos para cumprimentar suas convidadas.

– Vimos para uma visita – disse Ozma. – Dorothy e eu pensávamos em como deveríamos aproveitar nosso dia. Foi quando nos lembramos de que não vínhamos ao País Quadling havia semanas, então pegamos o Cavalete e cavalgamos direto para cá.

– E viemos tão rápido – acrescentou Dorothy – que nosso cabelo está todo bagunçado. O Cavalete cria um vento próprio. Da Cidade das Esmeraldas até aqui costuma ser um dia de viagem, mas acho que levamos só umas duas horas.

– Sejam bem-vindas – disse Glinda, a Feiticeira, que as conduziu pela corte até seu magnífico salão de recepção. Ozma tomou a anfitriã pelo braço, e Dorothy ficou para trás, cumprimentando algumas das damas que ela conhecia melhor, conversando com outras e fazendo com que todas se sentissem como suas amigas. Quando finalmente juntou-se a Glinda e a Ozma no salão, Dorothy encontrou as duas conversando de maneira séria sobre a condição dos habitantes do reino e como torná-los mais felizes e satisfeitos, ainda que já fossem as pessoas mais felizes e satisfeitas de todo o mundo.

A conversa despertou a atenção de Ozma, claro, mas não tanto a de Dorothy. Então, a garotinha correu em direção a uma enorme mesa sobre a qual estava o Grande Livro de Registros de Glinda.

O Livro é um dos maiores tesouros de Oz, e a Feiticeira valoriza-o mais que qualquer um dos seus artefatos mágicos. Esse é o motivo de o livro estar preso com firmeza à mesa de mármore por correntes de ouro. Sempre que Glinda sai do Palácio, ela tranca o Grande Livro usando cinco cadeados adornados com joias e carrega as chaves em segurança, escondidas em seu vestido.

Não acredito que exista algum item mágico em qualquer reino encantado que se compare ao Livro de Registros. Em suas páginas, todo evento que ocorre em cada parte do mundo é lançado, exatamente no momento em que acontece. E os registros são sempre verdadeiros, embora às vezes não deem tantos detalhes quanto se pode desejar. Como muitas coisas acontecem, os registros devem ser breves. Do contrário, o Grande Livro de Glinda nem conseguiria armazenar todos eles.

Glinda verificava os registros várias vezes por dia, e Dorothy, sempre que visitava a Feiticeira, adorava olhar o Livro e ver o que estava acontecendo por toda a parte. Pouco fora registrado sobre a Terra de Oz, lugar geralmente pacífico e sem muitos acontecimentos, mas hoje Dorothy encontrou algo que a interessou. Na verdade, as letras impressas iam aparecendo na página enquanto ela as observava.

– Isso é engraçado! – ela comentou. – Você sabia, Ozma, que existem pessoas na Terra de Oz chamadas Skeezers?

– Sim – respondeu Ozma, vindo para o lado de Dorothy. – Sei que no Mapa do Professor Wogglebug da Terra de Oz existe um lugar sinalizado como Skeezer, mas como são os Skeezers não sei. As pessoas que conheço nunca os viram, e eu também nunca soube de alguém que os tenham visto. O País Skeezer fica bem na extremidade superior do País dos Gillikins, com o deserto arenoso e intransponível de um lado e as montanhas de Oogaboo do outro. Essa é uma parte da Terra de Oz que pouco conheço.

– Acho que ninguém conhece muito esse lugar, a não ser os próprios Skeezers – observou Dorothy. – Mas o Livro diz: "Skeezers de Oz declararam guerra aos Flatheads de Oz, e é provável que haja batalhas e muitos problemas por causa disso".

– Isso é tudo que o Livro diz? – perguntou Ozma.

– São exatamente essas as palavras – respondeu Dorothy. Ozma e Glinda olharam para os Registros e pareciam surpresas e perplexas.

– Diga-me, Glinda – perguntou Ozma –, quem são os Flatheads?

– Não sei dizer, Vossa Majestade – confessou a Feiticeira. – Até este momento, eu nunca tinha ouvido falar deles, nem mesmo dos Skeezers. Nos cantos longínquos de Oz escondem-se muitas tribos de pessoas incomuns, e aquelas que não saem dos seus próprios países nem são visitadas pelos que vivem em nossa parte privilegiada de Oz são desconhecidas por mim, naturalmente. Mas se você desejar, posso descobrir algo a respeito dos Skeezers e dos Flatheads usando minha magia.

– Sim, gostaria que você fizesse isso – respondeu Ozma, com um semblante preocupado. – Veja, Glinda, se essas pessoas fazem parte de Oz, elas são minhas súditas e não posso permitir guerras ou problemas na Terra governada por mim, se eu puder evitá-los.

– Muito bem, Vossa Majestade – disse a Feiticeira –, tentarei conseguir algumas informações que possam ajudar. Peço licença, enquanto caminho para minha Sala de Magia e Feitiçaria.

– Posso ir com você? – perguntou Dorothy, entusiasmada.

– Não há como, princesa – foi a resposta. – O feitiço não funcionaria com alguém por perto.

Glinda então trancou-se em sua Sala. Dorothy e Ozma esperaram pacientemente até que ela saísse.

Cerca de uma hora depois, Glinda ressurgiu, parecendo bastante séria e pensativa.

– Vossa Majestade – disse ela a Ozma –, os Skeezers vivem em uma Ilha Mágica, em um grande lago. Como também lidam com magia, não há muito o que eu possa descobrir sobre eles.

– Ora, não sabia que havia um lago naquela região de Oz – disse Ozma. – O mapa mostra um rio que atravessa o País Skeezer, mas não um lago.

– Isso porque a pessoa que fez o mapa nunca visitou aquela parte do país – explicou a Feiticeira. – O lago certamente está lá, e nele há uma ilha, a Ilha Mágica, e nessa ilha vive o povo chamado Skeezer.

– Como eles são? – indagou a governante de Oz.

– Não consigo descobrir isso – confessou Glinda –, pois a magia dos Skeezers impede que qualquer pessoa fora do seu domínio saiba algo sobre eles.

– Certamente os Flatheads devem conhecer, já que estão lutando contra os Skeezers – sugeriu Dorothy.

– Talvez – Glinda respondeu –, mas consegui obter apenas poucas informações sobre eles também. São pessoas que moram em uma montanha ao Sul do Lago dos Skeezers. A montanha tem laterais íngremes e um topo largo e oco, como uma bacia, e é nessa espécie de bacia que os Flatheads têm suas casas. Eles também usam magia e são muito reservados, e não permitem que ninguém de fora os visite. Além disso, descobri que o número de Flatheads gira em torno de cem, entre homens, mulheres e crianças, enquanto os Skeezers estão em cento e um.

– Sobre o que eles discutiram e por que decidiram lutar uns contra os outros? – foi a próxima pergunta de Ozma.

– Não sei dizer, Vossa Majestade – respondeu Glinda.

– Mas vejam só! – protestou Dorothy. – A não ser Glinda e o Mágico, é contra a lei que qualquer outra pessoa pratique magia na Terra de Oz. Então, se esses dois povos estranhos fazem isso, eles estão desobedecendo a lei e devem ser punidos!

Ozma sorriu para a pequena amiga.

– Essas pessoas não têm conhecimento sobre mim ou minhas leis – ela disse –, então não se pode esperar que elas as obedeçam. Se não sabemos nada a respeito dos Skeezers ou dos Flatheads, é provável que eles também não saibam nada sobre nós.

– Mas deveriam, Ozma, assim como nós sobre eles. Quem vai contar para eles, e como vamos fazê-los se comportar?

– É sobre isso – devolveu Ozma – que estou refletindo agora. O que você sugere, Glinda?

A Feiticeira demorou um tempo pensando sobre a questão, antes de dar uma resposta. Então disse:

– Se não tivesse ficado sabendo da existência dos Flatheads e Skeezers pelo meu Livro de Registros, você nunca teria se preocupado com eles ou suas discussões. Então, se não der atenção a essas pessoas, talvez não ouça falar delas novamente.

– Mas isso não seria certo – declarou Ozma. – Sou governante de toda a Terra de Oz, o que inclui os países dos Gillikins, dos Quadlings, dos Winkies e dos Munchkins, assim como a Cidade das Esmeraldas. E, por ser a princesa deste reino encantado, é meu dever fazer com que todas as pessoas do meu povo, quem quer que elas sejam, estejam contentes, além de fazer com que resolvam suas disputas e parem de brigar. Mesmo que os Skeezers e Flatheads não me conheçam, sou a governante deles por direito. E agora sei que eles habitam meu reino e são meus súditos, então eu não estaria cumprindo meu dever se me mantivesse longe deles e permitisse o conflito.

– É isso mesmo, Ozma – comentou Dorothy. – Você tem que ir até o País dos Gillikins e fazer com que essas pessoas se comportem e se reconciliem. Mas como?

– É o que me intriga também, Vossa Majestade – disse Glinda. – Pode ser perigoso para você ir até esses países estranhos, onde possivelmente as pessoas são ferozes e belicosas.

– Não tenho medo – disse Ozma, com um sorriso.

– Não é questão de ter medo – argumentou Dorothy. – Sabemos que é uma fada e não pode ser morta ou ferida, além de dominar muitas magias que podem ajudá-la em momentos difíceis. Mas Ozma, querida, apesar de tudo isso, você já passou por apuros por causa de inimigos, e não seria certo que a governante de toda a Oz se colocasse em perigo.

– Talvez eu não corra perigo nenhum – respondeu Ozma, com um sorriso. – Você não deve pensar nisso, Dorothy, porque devemos imaginar apenas coisas boas. E não sabemos se os Skeezers e Flatheads são maus ou meus inimigos. Talvez sejam bons e ouçam a voz da razão.

– Dorothy está certa, Vossa Majestade – afirmou a Feiticeira. – Não conhecemos nada sobre esses súditos de tão longe, exceto que pretendem lutar uns contra os outros e que têm um certo poder mágico. Não me parece que vão se submeter à interferência de alguém de fora. É mais provável que se ressintam por você estar entre eles do que recebê-la de maneira gentil e graciosa, como deveriam.

– Se você tivesse um exército para levar junto, não seria tão ruim assim – acrescentou Dorothy –. Mas não existe nada parecido com isso em Oz.

– Tenho um soldado, – disse Ozma.

– Sim, o Soldado de Bigode Verde. Mas ele fica apavorado até com a própria arma e nunca a carrega. Tenho certeza de que ele fugiria em vez de lutar. Sem contar que um soldado apenas, mesmo sendo corajoso, não poderia fazer muito contra duzentos e um entre Flatheads e Skeezers.

– Então, minhas amigas, o que vocês sugerem? – perguntou Ozma.

– Aconselho Vossa Majestade que envie o Mágico para dizer a eles que é contra as leis de Oz guerrear, e que você ordena que resolvam suas diferenças e se tornem amigos – propôs Glinda. – Deixe o Mágico dizer que eles terão punição caso se recusem a obedecer aos comandos da princesa de toda a Terra de Oz.

Ozma balançou a cabeça, indicando que o conselho não lhe agradara.

– E se eles se recusarem? – ela perguntou. – Eu seria obrigada a levar minha ameaça adiante e puni-los, e isso seria desagradável e difícil de fazer. Tenho certeza de que seria melhor se eu fosse até lá de maneira pacífica, sem um exército e armada somente com minha autoridade como governante, rogando-lhes que me obedeçam. Então, caso eles se mostrassem resistentes, eu poderia recorrer a outros meios para vencer a desobediência deles.

– É uma situação bastante complicada, de qualquer forma – suspirou Dorothy. – Não queria ter visto esse registro no Grande Livro.

– Mas você não consegue perceber, minha querida, que devo cumprir meu dever agora que estou ciente desse problema? – perguntou Ozma. – Estou determinada a ir imediatamente até a Ilha Mágica dos Skeezers e a montanha encantada dos Flatheads para evitar a guerra e os conflitos entre seus habitantes. A única questão a decidir é se é melhor eu ir sozinha ou montar um grupo de amigos e leais apoiadores para me acompanhar.

– Se você for, eu também quero ir – disse Dorothy. – O que quer que aconteça, será divertido, porque toda agitação é divertida, e eu não perderia isso por nada no mundo!

Ozma e Glinda não prestaram atenção no que ela disse, pois estavam analisando o lado arriscado da aventura proposta.

– Há muitos amigos que gostariam de ir com você – disse a Feiticeira –, mas nenhum deles conseguiria proteger Vossa Majestade em caso de perigo. Você é a fada mais poderosa de Oz, embora eu e o Mágico tenhamos várias artes mágicas ao nosso comando. Mas você domina uma arte a que nenhuma outra em todo o mundo pode se igualar: a de conquistar corações e fazer as pessoas se curvarem com alegria diante da sua graciosa presença. Por isso, acho que pode ser melhor você ir sozinha do que com um grande número de súditos.

– Também penso assim – concordou a princesa. – Sou capaz de cuidar de mim, só que talvez não consiga proteger os outros tão bem. Mas não busco oposição. Devo falar com essas pessoas gentilmente e resolver o desentendimento entre elas, o que quer que seja, de uma maneira justa.

– Então você não vai me levar? – implorou Dorothy. – Você precisa de companhia, Ozma.

A princesa sorriu para sua pequena amiga.

– Não vejo razão para você não me acompanhar – respondeu. – Duas garotas juntas não parece algo hostil, e eles não acharão que estamos em uma missão que não seja pacífica e amigável. No entanto, para evitar guerras e brigas entre esses povos cheios de ira, devemos ir logo até eles. Vamos voltar agora mesmo à Cidade das Esmeraldas e nos preparar para começar nossa jornada amanhã cedo.

Glinda não ficou muito satisfeita com esse plano, mas também não conseguia pensar em nada melhor para resolver o problema. Ela sabia que Ozma, com todo seu jeito doce e gentil, estava acostumada a seguir com qualquer decisão que tivesse tomado e não seria facilmente desviada do seu propósito. Além disso, ela não via perigo para a fada governante de Oz nessa missão, mesmo que as pessoas desconhecidas que ela visitaria tivessem se mostrado resistentes. Dorothy, porém, não era uma fada. Ela era uma garotinha que veio do Kansas para viver na Terra de Oz. Dorothy pode deparar-se com situações que não seriam nada para Ozma, mas muito perigosas para uma criança terrena.

O próprio fato de Dorothy morar em Oz e ter sido nomeada princesa por sua amiga Ozma evitou que ela fosse morta ou enfrentasse situações desagradáveis, desde que passou a viver naquele lugar. Mas isso também poderia fazer com que ela nunca crescesse e permanecesse para sempre a menina que chegou à Terra de Oz, a menos que, de alguma forma, ela fosse embora do reino encantado ou então fosse tirada de lá. Entretanto, Dorothy era mortal e corria o risco de ser destruída ou levada para onde nenhum de seus amigos jamais conseguiria encontrá-la. Ela poderia, por exemplo, ser cortada em pedaços, e os pedaços, ainda vivos e livres de dor, jogados por toda a parte. Ela ainda poderia ser enterrada ou "destruída" por bruxos malignos. Por tudo isso, ela não estava devidamente protegida. Glinda refletia sobre todos esses fatos enquanto caminhava com passos imponentes em direção ao salão de mármore.

Foi então que a Bruxa Boa parou, tirou um anel do dedo e o entregou a Dorothy.

– Esteja sempre com este anel até retornar – disse ela à garota. – Se um grave perigo ameaçar você, gire o anel em seu dedo uma vez para a direita e outra para a esquerda. Isso fará com que um alarme toque em meu palácio, e irei imediatamente em seu socorro. Mas não use o anel, a menos que realmente esteja correndo um grande risco. Enquanto você estiver com a princesa Ozma, acredito que ela será capaz de protegê-la de todos os pequenos males.

– Obrigada, Glinda – respondeu Dorothy com gratidão, enquanto colocava o anel no dedo. – Também usarei o meu Cinturão Mágico que peguei do rei Nomo, então acho que estarei a salvo de qualquer coisa que os Skeezers e os Flatheads tentarem fazer comigo.

Ozma tinha muitas coisas a fazer antes de deixar seu trono e seu palácio na Cidade das Esmeraldas, mesmo para uma viagem de alguns dias. Então, despediu-se de Glinda e subiu na carruagem vermelha com Dorothy. Apenas um comando de Ozma ao Cavalete foi o suficiente para dar partida naquela criatura surpreendente, e ele correu tão rápido que Dorothy foi incapaz de falar ou fazer qualquer coisa, a não ser segurar firme em seu assento durante todo o caminho de volta à Cidade das Esmeraldas.

OZMA E DOROTHY

Naquela época, vivia no palácio de Ozma um Espantalho vivo, criatura muitíssimo notável e inteligente, que até já governara a Terra de Oz por um breve período. Era muito amado e respeitado por todos. Certa vez, um fazendeiro Munchkin encheu com palha um velho terno e recheou com algodão pares de botas e luvas para serem os pés e as mãos do Espantalho. A cabeça dele era um saco cheio de palha preso ao corpo, com olhos, nariz, boca e orelhas pintados. No momento em que um chapéu foi colocado em sua cabeça, aquela coisa até pareceu uma boa imitação de um homem. O fazendeiro pendurou o Espantalho em um poste em seu milharal. Surpreendentemente, ele acabou por ganhar vida. Dorothy, que um dia passeava pelo campo, foi saudada pelo Espantalho e decidiu tirá-lo do poste. Ele acompanhou a menina até a Cidade das Esmeraldas, onde o Mágico de Oz lhe concedeu grande inteligência, e o Espantalho logo se tornou uma figura importante.

Ozma considerava-o um de seus melhores amigos e mais leais súditos. Então, na manhã após visitar Glinda, ela pediu que ele tomasse o lugar dela como governante da Terra de Oz enquanto estivesse ausente em uma viagem. O Espantalho imediatamente consentiu, sem nada perguntar.

Ozma havia aconselhado Dorothy a manter sua jornada em segredo e não dizer nada a ninguém sobre os Skeezers e Flatheads até que retornassem, e Dorothy prometeu obedecer. Ela ansiava por contar às amigas, as pequenas Trot e Betsy Bobbin, sobre a aventura que teriam, mas não disse uma palavra sobre o assunto, embora as duas morassem com ela no palácio de Ozma.

Na verdade, apenas Glinda, a Feiticeira, sabia aonde estavam indo. Isso até o momento em que fossem, pois mesmo Glinda não tinha conhecimento de como a missão seria.

A princesa Ozma pegou o Cavalete e a carruagem vermelha, ainda que não tivesse certeza se encontrariam estradas por todo o caminho até o Lago dos Skeezers. A Terra de Oz é um lugar muito grande, cercado de todos os lados por um deserto mortal, impossível de atravessar. O País Skeezer, de acordo com o mapa, estava na parte Noroeste mais distante de Oz, na fronteira com o deserto do Norte. Como a Cidade das Esmeraldas ficava exatamente no Centro de Oz, a viagem de lá até os Skeezers não seria curta.

No entorno da Cidade das Esmeraldas, o país é bastante povoado em qualquer direção. Até os lugares que fazem fronteira com o deserto têm pequenas populações. No entanto, quanto mais longe você fica da cidade, menos pessoas há. Além disso, esses locais distantes são pouco conhecidos pelas pessoas de Oz, exceto pelo Sul, onde Glinda mora e onde Dorothy frequentemente passeava em viagens exploratórias.

O menos conhecido de todos é o País dos Gillikins, que abriga muitos grupos estranhos de pessoas entre montanhas, vales, florestas e riachos, e Ozma agora se dirigia à parte mais distante desse país.

– Sinto muito mesmo – disse Ozma a Dorothy, enquanto seguiam na carruagem vermelha –, por não saber mais da maravilhosa Terra que governo. É meu dever conhecer cada tribo e cada país escondido de Oz. Mas fico tão ocupada em meu palácio criando leis e sempre pensando no conforto de quem mora perto da Cidade das Esmeraldas que não consigo achar tempo para fazer longas viagens.

– Bem – respondeu Dorothy –, provavelmente vamos descobrir muitas coisas nesta jornada e aprender tudo sobre os Skeezers e os Flatheads. O tempo não faz muita diferença na Terra de Oz, já que não crescemos, não envelhecemos, nem ficamos doentes ou mesmo morremos, como acontece em outros lugares. Então, se explorarmos uma região por vez, logo saberemos tudo de cada canto de Oz.

Dorothy usava o Cinturão Mágico do rei Nomo, que a protegia do perigo, bem como o Anel Mágico que Glinda lhe dera. Ozma apenas enfiou uma varinha de prata em seu vestido, pois fadas não usam químicos, ervas e ferramentas que magos e feiticeiros usam para realizar sua magia. A Varinha de Prata era sua única arma de ataque e defesa, e, por meio dela, Ozma poderia fazer muitas coisas.

Elas deixaram a Cidade das Esmeraldas ao nascer do sol, e o Cavalete se moveu muito rapidamente pelas estradas em direção ao Norte. Porém, depois de algumas horas, o animal de madeira precisou diminuir o ritmo porque as fazendas tornaram-se poucas e distantes umas das outras, e muitas vezes não havia nenhuma estrada na direção em que desejavam seguir. Nessas horas, eles cruzavam os campos, evitando arvoredos e atravessando os riachos e córregos sempre que apareciam. Até que chegaram a uma grande encosta coberta por bastante mato, através da qual a carruagem não conseguiria passar.

– Vai ser difícil até mesmo para você e eu passarmos sem rasgar nossos vestidos – disse Ozma. – Devemos deixar o Cavalete e a carruagem aqui até voltarmos.

– Tudo bem – respondeu Dorothy. – Estou cansada mesmo de andar assim. Ozma, você acha que estamos em algum lugar perto do País Skeezer?

– Dorothy, querida, não sei. Mas sei que estamos indo na direção certa, então o encontraremos a tempo.

A mata era quase como um bosque de pequenas árvores, pois chegava à altura da cabeça das duas meninas, e nenhuma delas era muito alta. Elas viram-se obrigadas a abrir passagem, e Dorothy ficou com medo de que se perdessem, até que foram paradas de repente por algo curioso que as impediu de continuar. Era uma grande teia, como se tivesse sido tecida por aranhas gigantes. A delicada estrutura rendada estava firmemente presa aos galhos dos arbustos e seguia para a esquerda e para a direita, como um semicírculo. Os fios eram de uma cor roxa brilhante e foram tecidos em padrões variados. A teia estendia-se do solo aos galhos acima da cabeça das meninas, formando uma espécie de cerca que as rodeava.

– Não parece muito resistente – disse Dorothy. – Será que não conseguimos atravessar? – Ela tentou, mas a teia era, sim, mais forte que parecia. Todo o esforço que ela fez não arrebentou um único fio.

– Acho que devemos voltar e tentar contornar esta teia peculiar – Ozma disse.

Elas então viraram para a direita e, ao seguirem a teia, descobriram que ela parecia espalhar-se em um círculo regular. Assim seguiram, até que, por fim, Ozma decidiu voltar ao local exato de onde partiram. – Olhe, um lenço que você deixou cair quando estivemos aqui antes – disse ela a Dorothy.

– Devem ter feito a teia atrás de nós, depois que caminhamos em direção à armadilha – falou a menina.

– Tem razão – concordou Ozma –, um inimigo tentou nos prender.

– E conseguiu – disse Dorothy. – Pergunto, quem fez isso?

– É uma teia de aranha, tenho certeza – respondeu Ozma –, mas deve ser o trabalho de aranhas gigantes.

– Muito bem! – gritou uma voz atrás delas. Ao se virarem rapidamente, avistaram uma enorme aranha roxa sentada a menos de dois metros e olhando para elas com seus pequenos olhos brilhantes.

Foi aí que surgiu mais uma dúzia de grandes aranhas roxas rastejando para fora dos arbustos. O grupo saudou a aranha que já estava lá e disse:

– A teia está pronta, ó, rei, e essas criaturas estranhas são nossas prisioneiras.

Dorothy não gostou nada da aparência dessas aranhas. Elas tinham cabeças grandes, garras afiadas, olhos pequenos e pelos desalinhados por todo o corpo roxo.

– Elas parecem más – sussurrou para Ozma. – O que devemos fazer?

Ozma olhou para as aranhas com uma cara séria.

– Por que querem nos tornar prisioneiras? – perguntou.

– Precisamos de alguém para cuidar da casa para nós – respondeu o rei Aranha. É preciso varrer, tirar o pó, encerar e lavar louças, e esse é um trabalho que meu povo não gosta de fazer. Sendo assim, decidimos que, se estranhos viessem até aqui, nós os capturaríamos e faríamos deles nossos servos.

– Sou a princesa Ozma, governante de toda a Terra de Oz – disse a garota, com autoridade.

– Bem, eu sou o rei de todas as aranhas – foi a resposta que ela recebeu –, e isso faz de mim seu mestre. Venham comigo ao meu palácio, onde mostrarei suas tarefas.

– Não vou! – disse Dorothy indignada. – Não faremos nada para você!

– Veremos – respondeu o rei Aranha em um tom autoritário. No instante seguinte, a criatura lançou-se sobre Dorothy, abrindo garras em suas patas como se fosse agarrá-la e beliscá-la com as pontas afiadas.

Mas a garota usava seu Cinturão Mágico e não foi ferida. O rei Aranha não conseguia nem tocá-la.

– Ele virou-se rapidamente em direção a Ozma, que segurou sua varinha mágica sobre a cabeça e fez com que o monstro recuasse como se tivesse sido atingido por algo.

– É melhor deixar a gente ir – Dorothy o aconselhou –, pois você viu que não pode nos machucar.

– Entendo – respondeu o rei Aranha com raiva. – Sua magia é mais forte que a minha. Mas não vou ajudar você a escapar. Se conseguirem rasgar a teia mágica tecida pelos meus súditos, vocês podem ir. Caso não, ficarão aqui e morrerão de fome. – Em seguida, o rei Aranha assobiou de uma maneira diferente, e todas as aranhas desapareceram.

– Há mais magia no meu reino encantado que pensei – comentou a bela Ozma, com um suspiro de pesar. – Parece que minhas leis não foram obedecidas, pois até essas aranhas monstruosas me desafiam usando magia.

– Não se preocupe com isso agora – disse Dorothy. – Vamos ver o que conseguimos fazer para sairmos dessa armadilha.

Elas começaram a observar a teia com muito cuidado e ficaram surpresas com sua firmeza. Mesmo sendo mais fina que os mais finos fios de seda, resistiu a todos os esforços das meninas para atravessá-la, ainda que elas jogassem todo o peso do corpo contra a teia.

– Precisamos encontrar algum objeto que corte os fios – disse Ozma. – Vamos procurar por algo.

Elas então vagaram entre os arbustos e finalmente chegaram a uma poça rasa de água, formada por uma pequena nascente borbulhante. Dorothy abaixou-se para beber água e avistou um caranguejo verde, quase tão grande quanto a mão dela. O caranguejo tinha duas enormes garras afiadas. Assim que Dorothy as viu, pensou que aquelas garras poderiam salvá-las.

– Saia da água – ela chamou o caranguejo. – Quero falar com você.

De uma maneira um tanto preguiçosa, o caranguejo veio até a superfície e segurou-se em uma pedra. Com a cabeça acima da água, ele disse com a voz zangada:

– O que querem?

– Queremos que você corte a teia das aranhas roxas com suas garras, para que possamos passar por ela – respondeu Dorothy. – Você consegue fazer isso, não consegue?

– Acho que sim – respondeu o caranguejo. – Mas se eu fizer isso, o que vão me dar?

– O que você deseja? – Ozma perguntou.

– Quero ser branco em vez de verde – disse o caranguejo. – Caranguejos verdes são muito comuns, enquanto os brancos são raros. Além disso, as aranhas roxas, que infestam esta encosta, têm medo de caranguejos brancos. Você conseguiria mudar minha cor se eu concordasse em cortar a teia?

– Sim – disse Ozma. – Posso fazer isso facilmente. E para você saber que falo a verdade, mudarei sua cor agora mesmo.

Ela balançou sua varinha de prata sobre a poça de água e o caranguejo instantaneamente tornou-se branco como a neve. Todo ele. Menos seus olhos, que permaneceram pretos. A criatura viu seu reflexo na água e ficou tão encantada que imediatamente saiu da água e moveu-se com lentidão em direção à teia. Ele ia tão devagar que Dorothy disse impaciente:

– Minha nossa, não vai chegar nunca! – Ela então pegou o caranguejo e correu com ele para a teia.

Mesmo após chegarem lá, a garota precisou segurá-lo para que ele pudesse alcançar com suas garras cada fio da teia roxa, os quais cortava com um beliscão.

Quando parte suficiente da teia foi cortada, Dorothy correu para colocar o caranguejo branco na água e depois voltou para o lado de Ozma. Isso foi bem a tempo de escaparem, pois várias aranhas roxas apareceram após descobrirem que a teia havia sido rompida. Se as garotas não tivessem saído correndo, as aranhas teriam feito novas teias rapidamente, aprisionando-as mais uma vez.

Ozma e Dorothy correram o mais rápido que puderam e, mesmo com as aranhas raivosas jogando vários fios de teia atrás delas na esperança de laçá-las, elas conseguiram escapar e escalar até o alto da colina.

AS DONZELAS DE NÉVOA

Do alto da colina, Ozma e Dorothy olharam para o vale ao além e surpreenderam-se ao encontrá-lo coberto por uma névoa flutuante, tão densa quanto fumaça. Não se podia ver nada no vale, a não ser essas brumas ondulantes. Do outro lado havia uma colina gramada que parecia ser muito bonita.

– Então – disse Dorothy –, o que devemos fazer, Ozma? Ir em direção àquela forte névoa e provavelmente nos perdermos nela, ou esperar até que passe?

– Não sei se passará, por mais que esperemos – respondeu Ozma, em dúvida. – Se quisermos continuar, acho que devemos nos aventurar na névoa.

– Mas não conseguimos ver para onde estamos indo ou no que estamos pisando – reclamou Dorothy. – Pode haver coisas terríveis no meio dessa névoa, e estou com medo só de pensar em entrar ali.

Até mesmo Ozma pareceu hesitar. Ela ficou em silêncio e pensativa por um tempo, olhando para os montes formados pelas brumas, tão cinzentos e ameaçadores. Finalmente, disse:

– Acredito que este seja um Vale de Névoa, onde sempre há dessas nuvens úmidas, pois nem mesmo a luz do sol consegue afastá-las. Por isso, é provável que as Donzelas de Névoa vivam aqui. Elas são fadas e devem atender ao meu chamado.

Ozma colocou as duas mãos em frente à boca, formando uma cavidade com elas, e soltou um grito límpido e vibrante, como o de um pássaro. O som flutuou para longe, além das brumas ondulantes e, no mesmo momento, foi respondido por um som parecido, como um eco distante.

Dorothy ficou muito impressionada. Ela já tinha visto várias coisas estranhas desde que chegara ao reino encantado, mas essa era uma experiência nova. Em tempos normais, Ozma era como qualquer garotinha comum que alguém poderia conhecer: simples, alegre e adorável, além de ter certa modéstia em seus modos que tornava sua nobreza ainda mais agradável. Houve momentos, no entanto, quando Ozma sentava-se no trono e comandava seus súditos, ou ao usar seus poderes de fada, com os quais Dorothy e todos sob o reinado da governante de Oz ficavam maravilhados e percebiam ali sua superioridade.

Ozma esperou. De repente, das ondas, surgiram lindas figuras, vestidas com roupas cinzentas aveludadas e rastejantes que mal se distinguiam da névoa. Seus cabelos também eram da cor da névoa. Apenas pelos seus braços cintilantes, rostos doces e pálidos é que se podia notar que estavam vivas, que eram criaturas com consciência que atendiam ao chamado de uma fada irmã.

Como ninfas do mar, elas repousaram nas nuvens. Então viraram os olhos com curiosidade em direção às duas meninas, que estavam na margem. Uma delas chegou muito perto, e Ozma disse:

– Você poderia, por favor, nos levar à encosta do outro lado? Temos medo de nos arriscar na névoa. Eu sou a princesa Ozma de Oz, e esta é minha amiga Dorothy, uma princesa de Oz.

As Donzelas de Névoa chegaram mais perto, estendendo os braços. Sem hesitação, Ozma deu um passo à frente e permitiu que a abraçassem, e Dorothy criou coragem para fazer o mesmo. Muito gentilmente, as Donzelas as seguraram. Dorothy sentiu os braços delas frios e enevoados, eles nem sequer pareciam reais. Ainda assim, as criaturas carregaram com facilidade as garotas por cima da bruma e flutuaram tão rapidamente até a verde encosta que as duas ficaram surpresas ao se virem colocadas na grama.

– Obrigada! – disse Ozma com gratidão. Dorothy também agradeceu.

As Donzelas de Névoa nada falaram, mas sorriram e acenaram com as mãos se despedindo enquanto flutuavam de volta à densa bruma e desapareciam.

A TENDA MÁGICA

– Bem – disse Dorothy com uma risada –, isso foi mais fácil do que eu imaginava. Às vezes, vale até a pena ser uma fada de verdade. Mas eu não gostaria de ser assim e de viver em uma névoa assustadora daquela o tempo todo.

As duas então escalaram a margem e encontraram diante delas uma linda planície, que seguia por quilômetros em todas as direções. Flores silvestres perfumadas derramavam-se pela grama. Havia lindos arbustos com flores que desabrochavam e frutos saborosos. Arvoredos majestosos juntavam-se à beleza da paisagem. Mas sem moradias ou sinal de vida.

O outro lado da planície era delimitado por uma fileira de palmeiras, e, bem à frente, havia uma colina de formato estranho que se erguia acima da planície como uma montanha. As laterais dela pareciam alinhadas verticalmente. Tinha uma forma alongada, e o topo parecia plano e nivelado.

– Olhe! – gritou Dorothy. – Aposto que é a montanha que Glinda comentou com a gente, onde vivem os Flatheads.

– Se for mesmo – respondeu Ozma –, o Lago dos Skeezers deve ser bem depois da fileira de palmeiras. Você consegue andar tão longe, Dorothy?

– Claro, no tempo certo – foi a resposta imediata. – É uma pena que tivemos de deixar o Cavalete e a carruagem vermelha para trás, pois eles seriam muito úteis agora. Mas com o fim da nossa jornada já à vista, uma caminhada por esses lindos campos verdejantes nem será cansativa.

A caminhada, no entanto, foi mais longa que esperavam, e a noite veio antes que pudessem chegar à montanha plana. Ozma então propôs que montassem um acampamento, e Dorothy concordou na mesma hora. Ela não queria admitir para sua amiga que estava cansada, mas disse para si mesma, em pensamento, que suas pernas "tinham espinhos nelas", de tanto que doíam.

Normalmente, quando Dorothy começava uma viagem de exploração ou aventura, ela levava consigo uma cesta de alimentos e outras coisas de que um viajante em um país estranho poderia necessitar, mas ir com Ozma era uma situação bem diferente, como a experiência lhe mostrara. A fada e governante de Oz precisava apenas da sua varinha de prata, que tinha na ponta uma grande esmeralda cintilante, para fazer sua magia acontecer e proporcionar tudo o que elas quisessem. Ozma parou com sua companheira Dorothy e escolheu um local na planície com um gramado macio e abundante. Ela balançou sua varinha, fazendo curvas graciosas, e entoou algumas palavras mágicas com sua doce voz. Rapidamente, uma bela tenda apareceu diante delas. A lona era listrada de roxo e branco, e, do mastro, tremulava a bandeira real de Oz.

– Venha, querida – disse Ozma, pegando na mão de Dorothy –, estou com fome e tenho certeza de que você também está. Então, vamos entrar e aproveitar nosso banquete.

Ao entrarem na tenda, encontraram uma mesa posta para duas pessoas, com toalha de linho branco, prataria reluzente e vidraria cintilante, um vaso de rosas no centro e muitos pratos de comidas deliciosas, alguns fumegantes, esperando para satisfazer a fome das duas garotas. Além disso, em cada lado da tenda havia camas com lençóis de cetim, cobertores quentinhos e travesseiros de penas de cisne. Também havia cadeiras e lâmpadas altas que iluminavam o interior da tenda com uma luz suave e rosada.

Dorothy, sentindo-se relaxada com todo aquele conforto proporcionado pelos comandos da sua amiga fada e jantando com uma alegria incomum, pensou nas maravilhas da magia. Se uma pessoa fosse uma fada e conhecesse as leis secretas da natureza, as palavras mágicas e as cerimônias que regiam essas leis, então o simples balançar de uma varinha de prata produziria, de maneira instantânea, tudo o que as pessoas esperam ansiosamente alcançar durante anos de trabalho árduo. E Dorothy desejou, da maneira mais gentil e com seu coração inocente, que todos os homens e todas as mulheres pudessem ser fadas com varinhas de prata e satisfazer suas necessidades sem tanto trabalho e tanta preocupação. Assim, o tempo delas seria dedicado apenas a serem felizes. Ozma, olhando para sua amiga e lendo esses pensamentos, sorriu e disse:

– Não, não, Dorothy, isso não daria certo. Em vez de felicidade, seu plano traria fadiga ao mundo. Se cada um pudesse balançar uma varinha e ter suas necessidades atendidas imediatamente, haveria pouco a almejar. Ninguém se esforçaria para conseguir as coisas, já que nada seria difícil, e aquele prazer de ganhar algo desejado, que poderia ser obtido apenas por trabalho duro e planejamento, deixaria de existir. Não haveria nada a fazer, entende? Nenhum interesse na vida e em nossos semelhantes. E isto é o que faz a nossa vida valer a pena: realizar boas ações e ajudar os menos afortunados que nós.

– Você é uma fada, Ozma. Você não é feliz? – perguntou Dorothy.

– Sim, querida, porque uso meus poderes de fada para manter as pessoas felizes. Se eu não tivesse um reino para governar e súditos para cuidar, eu seria triste. E você deve saber que, embora eu seja uma fada mais poderosa que qualquer outro habitante de Oz, não tenho tanto poder quanto Glinda, a Feiticeira, que estudou muitas artes mágicas sobre as quais nada sei. Até o pequeno Mágico de Oz consegue fazer algumas coisas que eu não, enquanto eu faço coisas que ele não sabe. Digo isso para explicar que não sou a toda-poderosa, de maneira alguma. Minha magia é apenas a magia das fadas, não feitiçaria ou bruxaria.

– Mesmo assim – disse Dorothy –, estou muito feliz por você ter feito essa tenda aparecer, com toda a comida e as camas arrumadas para nós.

Ozma sorriu.

– Sim, é realmente maravilhoso – ela concordou. – Nem todas as fadas conhecem esse tipo de magia, mas algumas delas podem fazer mágicas que me deixam boquiaberta. Acho que é isto que nos torna modestas e despretensiosas: o fato de nossas artes serem divididas, e que cabe a cada uma de nós a sua parcela. Fico feliz por não saber de tudo, Dorothy, e por ainda existirem coisas na natureza e no intelecto para me maravilhar.

Dorothy não conseguia entender isso muito bem, então ela não disse mais nada sobre o assunto, até porque agora tinha um novo motivo para ficar admirada. Quando acabaram a refeição, a mesa e tudo o que havia em cima dela desapareceram instantaneamente.

– Sem louça para lavar, Ozma! – disse ela com uma risada. – Acho que você deixaria muitas pessoas felizes só de ensinar esse truque a elas.

Durante um tempo, Ozma contou muitas histórias e conversou com Dorothy sobre várias pessoas interessantes. E então chegou a hora de dormir. Elas despiram-se, enfiaram-se em camas macias e adormeceram quase no momento em que a cabeça tocou no travesseiro.

A ESCADA MÁGICA

Sob a luz da manhã, a montanha plana parecia estar muito mais próxima, mas Dorothy e Ozma sabiam que ainda havia uma longa caminhada até lá. Assim que terminaram de vestir-se, encontraram um café da manhã quentinho e delicioso. Depois de comerem, deixaram a tenda e partiram em direção à montanha, seu primeiro objetivo. Após caminharem um pouco, Dorothy olhou para trás e viu que a tenda mágica desapareceu. Ela nem ficou surpresa, pois sabia que isso aconteceria.

– A sua magia não pode nos dar um cavalo e uma carruagem, ou um automóvel? – perguntou Dorothy.

– Não, querida. Acredito que esse tipo de magia esteja além do meu domínio – confessou sua amiga fada.

– Talvez Glinda conseguisse – disse Dorothy pensativa.

– Glinda tem uma carruagem-cegonha que a carrega pelo ar – disse Ozma –, mas mesmo a nossa grande Feiticeira não consegue invocar outras formas de viagem. Não se esqueça do que eu disse ontem à noite: ninguém é poderoso o suficiente para fazer tudo.

– Sim, eu deveria saber disso, vivendo há tanto tempo na Terra de Oz – respondeu Dorothy. – Só que, como não sou capaz de realizar nenhuma magia, não sei exatamente como você, Glinda e o Mágico fazem isso.

– Não tente – disse Ozma sorrindo. – Mas você domina pelo menos uma arte mágica, Dorothy: a de como ganhar todos os corações.

– Não, não sei – falou Dorothy com um semblante sério. – Se sou realmente capaz disso, Ozma, tenho certeza de que não sei como.

Levou cerca de duas horas para elas chegarem ao pé da montanha. As laterais dela eram tão íngremes que pareciam a parede de uma casa.

– Nem minha gatinha conseguiria subir aqui – observou Dorothy, olhando para cima.

– Mas existe uma maneira de os Flatheads descerem e subirem – disse Ozma. – Caso contrário, eles não conseguiriam guerrear com os Skeezers, nem mesmo encontrá-los para discutir com eles.

– É verdade, Ozma. Vamos andar um pouco. Talvez a gente encontre uma escada ou algo parecido.

Elas caminharam uma boa distância, pois a montanha era grande. Quando circularam em volta dela e chegaram ao lado que ficava de frente para as palmeiras, descobriram uma passagem no muro de pedra. A entrada era arqueada e não muito profunda, pois apenas levava a um curto lance de escadas.

– Ah, finalmente encontramos um caminho para subir – anunciou Ozma, e as duas viraram e foram direto para a entrada. De repente, elas bateram em algo e ficaram paradas, sem conseguir andar mais.

– Ai! – gritou Dorothy, esfregando o nariz, que havia atingido algo duro, embora ela não pudesse ver o que era. – Isto não é tão fácil quanto parece. O que impediu a gente, Ozma? É algum tipo de magia?

Ozma estava tateando o local.

– Sim, querida, é magia – respondeu ela. – Os Flatheads precisavam de um caminho que os levasse do alto da montanha até aqui. E para impedir seus inimigos de correrem escada acima e conquistá-los, eles construíram um muro de pedra e cimento um pouco antes da entrada, e depois disso o fizeram ficar invisível.

– Eu me pergunto o porquê disso – refletiu Dorothy. – Um muro já impediria as pessoas de entrarem de qualquer forma, não importa se visível ou não, então não vejo por que deixá-lo invisível. Acho até que teria sido melhor ele ficar à vista, pois assim tamparia a entrada atrás. Desse jeito, qualquer um consegue ver, como a gente viu. E provavelmente quem tentar subir as escadas será barrado, assim como nós.

Ozma ficou sem responder por um momento. Seu semblante era sério e pensativo.

– Acho que sei o motivo de eles deixarem o muro invisível – disse a princesa depois de um tempo. – Os Flatheads usam as escadas para subir e descer a montanha. Se houvesse um muro de pedra impedindo chegar à base da montanha, eles próprios ficariam aprisionados. Então, tiveram que deixar alguma passagem. Mas se o muro fosse visível, todas as pessoas estranhas ou os inimigos que aqui viessem tentariam contorná-lo para tentar encontrar essa passagem. Assim, o muro seria inútil. Pensando nisso, os Flatheads astutamente construíram seu muro invisível, acreditando que todos, ao verem a entrada da montanha, caminhariam direto em sua direção, como nós fizemos, mas não conseguiriam passar por ela. Imagino que o muro seja bem alto, denso e não possa ser destruído, então aqueles que o encontram em seu caminho se veem obrigados a ir embora, sem pensar na passagem secreta.

– Então – disse Dorothy –, se há uma forma de contornar o muro, onde fica?

– Precisamos encontrar – respondeu Ozma, que começou a tatear ao longo da parede. Dorothy a seguiu e começou a ficar desanimada quando Ozma caminhou a quase meio quilômetro da entrada. Naquele ponto, o paredão invisível se curvava em direção à lateral da montanha e, de repente, terminava, deixando um espaço entre o muro e a montanha, o suficiente apenas para uma pessoa comum passar.

Elas continuaram o caminho, e Ozma explicou que agora estavam atrás do muro e poderiam voltar para a entrada. Não encontraram outros bloqueios pelo caminho.

– Ozma, a maioria das pessoas não teria percebido isso como você fez – observou Dorothy. – Se eu estivesse sozinha, o muro invisível com certeza teria me confundido.

Chegando à entrada, elas começaram a subir as escadas de pedra. Subiram dez degraus e depois desceram cinco, seguindo por uma passagem feita na rocha. Os degraus eram largos o bastante para as duas andarem lado a lado, de braços dados. Ao final dos cinco lances descidos, a passagem seguiu para a direita, e elas subiram mais dez degraus. Em seguida, descobriram que precisariam descer outros cinco. De novo, a passagem fazia a curva repentinamente, desta vez para a esquerda, onde encontraram mais dez degraus para cima.

O caminho agora era bastante escuro, pois elas estavam no coração da montanha. Mas Ozma pegou sua varinha de prata, que lançou uma luz brilhante de cor verde sobre o lugar, fazendo com que elas conseguissem ver bem por onde andavam.

Dez degraus para cima, cinco para baixo e uma curva, para um lado ou para o outro. O percurso seguia dessa forma, e Dorothy percebeu que, na verdade, elas subiam apenas cinco degraus a cada trecho.

– Esses Flatheads devem ser esquisitos – disse ela a Ozma. – Eles parecem fazer as coisas de um jeito complicado. Ao construírem o caminho assim, eles forçam todos a andar três vezes mais que o necessário. E, claro, esta caminhada é tão cansativa para eles como para as outras pessoas.

– É verdade – disse Ozma –, mesmo assim, é um plano inteligente para evitar que sejam surpreendidos por intrusos. Toda vez que alcançamos o décimo degrau de uma escada, a pressão dos nossos pés na pedra faz tocar um sino no alto da montanha, para avisar os Flatheads que estamos chegando.

– Como você sabe disso? – perguntou Dorothy, impressionada.

– Ouvi o sino desde que começamos – Ozma respondeu. – Você não, eu sei, mas quando estou segurando minha varinha, consigo escutar sons a uma grande distância.

– Além do sino, você ouviu algo mais vindo do alto da montanha? – indagou Dorothy.

– Sim. As pessoas estão chamando umas às outras assustadas e muitos passos aproximam-se do lugar aonde chegaremos no alto da montanha.

Isso deixou Dorothy um tanto ansiosa.

– Achei que visitaríamos apenas pessoas comuns, mas eles são muito inteligentes, ao que parece, e também conhecem alguns tipos de magia. Eles podem ser perigosos, Ozma. Talvez o melhor tivesse sido ficar em casa.

Finalmente, aquele caminho para cima e para baixo parecia chegar ao fim, porque a luz do dia apareceu novamente diante das duas meninas, e Ozma pôde finalmente guardar sua varinha. Os últimos dez passos as levaram ao alto da montanha, onde se viram cercadas por uma multidão de pessoas esquisitas, que, por um tempo, encaravam as duas garotas sem dizer nada.

Dorothy soube na mesma hora por que esses moradores da montanha eram chamados de Flatheads[1]. Eles tinham a cabeça realmente achatada no alto, como se tivesse sido cortada acima dos olhos e ouvidos. Além disso, eram carecas, tinham orelhas grandes e salientes, e o nariz pequeno e atarracado. Já a boca tinha um formato comum. Os olhos

[1] Flathead significa cabeça chata. (N.T.)

talvez fossem sua melhor característica: grandes, brilhantes e de uma cor violeta profunda.

As roupas deles eram feitas de metais retirados da montanha. Pequenos discos de ouro, prata, estanho e ferro, do tamanho de moedas e muito finos, ligavam-se habilmente uns aos outros para produzir calças e paletós até os joelhos para os homens e saias e espartilhos para as mulheres. Os metais coloridos foram combinados com maestria para formar listras e xadrezes de vários tipos. Os trajes eram deslumbrantes e fizeram Dorothy lembrar-se de fotos que tinha visto de cavaleiros da Antiguidade vestidos com armaduras.

Fora a cabeça chata, essas pessoas não eram feias. Os homens estavam armados com arcos e flechas e tinham pequenos machados de aço presos aos cintos de metal. Eles não usavam chapéus nem ornamentos.

A MONTANHA DOS FLATHEADS

Quando os Flatheads viram que os intrusos em sua montanha eram, na verdade, apenas duas garotinhas, eles deram um grunhido de satisfação e recuaram, permitindo que elas vissem como era o topo da montanha. O formato era de um pires, de modo que as casas e outras construções, todas feitas de pedra, não podiam ser vistas sobre a borda por ninguém que estivesse na parte de baixo.

Neste momento, um Flathead grande e rechonchudo parou diante das meninas e exigiu, com uma voz rouca:

– O que fazem aqui? Os Skeezers mandaram vocês para espiar a gente?

– Sou a princesa Ozma, governante de toda a Terra de Oz.

– Nunca ouvi falar da Terra de Oz, então você deve ser o que diz ser – respondeu o Flathead.

– Aqui é a Terra de Oz. Bem, uma parte dela, pelo menos – disse Dorothy alto. – Então, a princesa Ozma governa vocês, Flatheads, e todas as outras pessoas em Oz.

O homem riu, assim como os que estavam ao redor dele. Alguém na multidão gritou:

– É melhor ela não contar ao Ditador Supremo sobre governar os Flatheads, não é, amigos?

– Não mesmo! – todos responderam em tom afirmativo.

– Quem é seu Ditador Supremo? – perguntou Ozma.

– Acho que vou deixar ele próprio dizer isso – respondeu o homem que falou pela primeira vez. – Vocês quebraram nossas leis ao virem aqui, e não importa quem vocês sejam, o Ditador Supremo deve decidir sua punição. Venham comigo.

Ele começou a caminhar, e Ozma e Dorothy o seguiram sem protestar, pois queriam ver a pessoa mais importante deste estranho país. As casas pelas quais passaram pareciam bastante agradáveis, e cada uma tinha um pequeno quintal com flores e hortas. Paredes de pedra separavam as moradias, e todos os caminhos eram pavimentados com placas de rocha. Este parecia ser o único material de construção disponível, mas os habitantes de lá o usaram habilmente para todos os fins.

Bem no centro do enorme pires ficava uma construção maior. O Flathead informou às meninas que aquele era o palácio do Supremo Ditador. O homem as conduziu pelo saguão até uma grande sala, onde elas sentaram-se em bancos de pedra e esperaram a chegada do Ditador. Pouco tempo depois, ele entrou. Era um Flathead bem magro e velho. Ele estava vestido como os outros desta estranha raça, e só se distinguia deles pela expressão astuta e maliciosa em seu rosto. Ele olhou através das fendas de seus olhos semicerrados para Ozma e Dorothy, que se levantaram para recebê-lo.

– Você é o Ditador Supremo dos Flatheads? – indagou Ozma.

– Sim, sou eu – disse ele, esfregando as mãos lentamente. – Minha palavra é lei. Sou o líder deste lugar.

– Sou a princesa Ozma de Oz e vim da Cidade das Esmeraldas para…

– Só um momento – interrompeu o Ditador, e voltou-se ao homem que trouxe as meninas. – Vá embora, Ditador Felo Flathead! – mandou ele. – Volte ao seu dever e proteja a escada. Tomarei conta dessas duas estranhas. – O homem curvou-se e partiu, e Dorothy perguntou curiosa:

– Ele também é um ditador?

– Claro – foi a resposta. – Cada um aqui é ditador de uma coisa ou de outra. Todos são titulares de cargos. Isso é o que os deixa contentes. Mas eu sou o Ditador Supremo deles, eleito uma vez por ano. Esta é uma democracia, sabe, em que as pessoas podem votar em seus governantes. Muitos outros gostariam de ser Ditadores Supremos, mas como criei uma lei em que eu mesmo sempre conto os votos, o eleito toda vez sou eu.

– Qual é o seu nome? – perguntou Ozma.

– Sou chamado de Di-Su, abreviação de Ditador Supremo. Mandei aquele homem sair porque, no momento em que mencionou Ozma de Oz e a Cidade das Esmeraldas, eu soube quem você é. Suponho que eu seja o único Flathead que já ouvi falar de você, mas isso é porque tenho mais cérebro que os outros.

Dorothy olhava fixamente para Di-Su.

– Não sei como você pode ter um cérebro – ela comentou –, porque a parte da sua cabeça onde ele deveria estar não existe.

– Não a culpo por pensar assim – respondeu ele. – No passado, os Flatheads não tinham cérebro mesmo, porque, como você disse, nos falta a parte de cima da nossa cabeça para guardá-lo. Mas muito, muito tempo atrás, um grupo de fadas sobrevoou este país e fez dele um reino encantado. Quando elas viram os Flatheads, lamentaram-se por serem todos muito estúpidos e completamente incapazes de pensar. Então, como não havia um bom lugar em nosso corpo para colocar os miolos, a rainha das Fadas deu a cada pessoa uma bela lata de cérebro para carregar no bolso, e isso nos tornou tão inteligentes quanto os outros. Veja – continuou ele –, aqui está uma delas. – Ele tirou de um bolso uma lata brilhante com uma linda etiqueta vermelha que dizia: "Miolos Concentrados de Flathead. Qualidade Extra".

– Mas todo Flathead tem o mesmo tipo de cérebro? – perguntou Dorothy.

– Sim, são todos parecidos. Aqui está outra lata. – De outro bolso, ele tirou uma segunda lata de cérebro.

– As fadas lhe deram um suprimento duplo? – perguntou Dorothy.

– Não, mas um dos Flatheads quis ser Ditador Supremo e tentou fazer meu povo rebelar-se contra mim, então o puni tirando-lhe o cérebro. Depois, certo dia, minha esposa me repreendeu severamente, então tomei a lata dela também. Ela não gostou nada disso e saiu por aí roubando os cérebros de várias mulheres. Após esse acontecimento, criei a seguinte lei: Se alguém roubar o cérebro de outra pessoa ou mesmo tentar pegá-lo emprestado, essa pessoa perderá o próprio cérebro para o Di-Su. Então, cada um está contente com o seu cérebro enlatado, e minha esposa e eu somos os únicos na montanha com mais de uma lata. Eu tenho três, e isso faz de mim uma pessoa muito inteligente, tão inteligente que me tornei um bom Feiticeiro, se é que posso dizer isso. Minha pobre esposa tinha quatro latas de cérebros e tornou-se uma bruxa notável, mas, ai de mim! Isso foi antes de aqueles terríveis inimigos, os Skeezers, transformá-la em uma Porca Dourada.

– Minha nossa! – gritou Dorothy. – Sua esposa é realmente uma Porca Dourada?

– Sim, ela é. Os Skeezers fizeram isso, então declarei guerra contra eles. É uma retaliação por transformarem minha esposa em uma porca. Pretendo acabar com a Ilha Mágica deles e fazer dos Skeezers os escravos dos Flatheads!

Di-Su de repente ficou muito zangado. Seus olhos brilharam e seu rosto assumiu uma expressão perversa e feroz. Foi então que Ozma disse a ele, com doçura e uma voz amigável:

– Sinto muito por isso. Você poderia, por favor, contar-me mais sobre os seus problemas com os Skeezers? Talvez eu possa ajudá-lo.

Ela era apenas uma garota, mas havia grandeza em sua pose e fala, o que impressionou Di-Su.

– Se realmente for a princesa Ozma de Oz – disse o Flathead –, você é uma das fadas que, sob o comando da rainha Lurline, fez de toda a Oz um reino encantado. Ouvi falar que Lurline deixou uma das suas fadas governar Oz e deu a ela o nome de Ozma.

– Se você sabia disso, por que não veio até mim na Cidade das Esmeraldas oferecer sua lealdade e obediência? – perguntou a governante de Oz.

– Bem, só descobri o fato recentemente, e tenho estado muito ocupado para sair daqui – explicou ele, olhando para o chão em vez de olhar nos olhos de Ozma. Ela sabia que ele mentia, mas apenas disse:

– Por que vocês brigaram com os Skeezers?

– Foi assim – começou Di-Su, feliz por mudar de assunto. – Nós, os Flatheads, adoramos peixes, mas como não temos peixes nesta montanha, íamos às vezes ao Lago dos Skeezers para pescar. Isso os deixou bravos, pois disseram que os peixes em seu lago pertenciam somente a eles e estavam sob sua proteção. Assim, fomos proibidos de pescar. Isso foi muito cruel e insensível da parte dos Skeezers, você há de concordar. Como não obedecemos às ordens deles, eles montaram uma guarda na margem do lago para impedir a nossa pesca.

E Di-Su continuou:

– Minha esposa, Rora Flathead, por ter quatro latas de cérebros, tornou-se uma bruxa incrível. Como peixes são alimentos para o cérebro, ela adorava comê-los mais que qualquer um de nós. Então, ela prometeu que destruiria todos os peixes no lago, a menos que os Skeezers nos deixassem pegar o que queríamos. Eles nos desafiaram, então Rora preparou um caldeirão cheio de veneno mágico e, certa noite, desceu até o lago para despejar tudo na água e envenenar os peixes. Foi uma ideia inteligente, bastante digna da minha querida esposa, mas a rainha Skeezer, uma jovem chamada Co-ee-oh, escondeu-se na margem do lago e, pegando Rora de surpresa, transformou minha esposa em uma Porca Dourada. O veneno se espalhou pelo chão, e a maldosa rainha Co-ee-oh, não contente com sua transformação cruel, tirou as quatro latas de cérebro da minha esposa. Agora, ela é uma porca comum, sem inteligência nem mesmo para saber seu próprio nome.

– Sendo assim – disse Ozma pensativa –, a rainha dos Skeezers deve ser uma Feiticeira.

– Sim – falou Di-Su –, mas ela não conhece tanto sobre magia, no final das contas. Ela não é tão poderosa quanto Rora Flathead foi, nem metade do que sou agora, e a rainha Co-ee-oh descobrirá isso quando travarmos nossa grande batalha e eu a destruir.

– A Porca Dourada não pode mais ser uma bruxa, claro – observou Dorothy.

– Não, nem mesmo se a rainha Co-ee-oh tivesse deixado as quatro latas de cérebros com ela. Pobre Rora, na forma de uma porca, não conseguiria fazer nenhuma bruxaria. Uma bruxa precisa usar seus dedos, e um porco tem apenas cascos fendidos.

– Parece uma história triste – foi o comentário de Ozma –, e todos os problemas começaram porque os Flatheads queriam peixes que não lhes pertenciam.

– Quanto a isso – disse Di-Su, novamente zangado –, criei uma lei para que qualquer pessoa do meu povo pudesse pescar no Lago dos

Skeezers, sempre que quisesse. Portanto, o problema foi os Skeezers desobedecerem minha lei.

– Você só pode instituir uma legislação para governar seu próprio povo – afirmou Ozma severamente. – Apenas eu tenho o poder de criar leis que devem ser obedecidas por todos os povos de Oz.

– Até parece! – gritou Di-Su com desdém. – Você não pode me fazer obedecer às suas leis, garanto-lhe. Eu sei até onde vão seus poderes, princesa Ozma de Oz, e sei que sou mais poderoso que você. Para provar isso, manterei você e sua companheira prisioneiras nesta montanha até lutarmos contra os Skeezers e derrotá-los. Aí, se você prometer ser uma boa garota, posso deixar vocês voltarem para casa.

Dorothy ficou surpresa com essa afronta e desacato à maravilhosa governante de Oz, a quem todos até agora obedeceram sem questionar. Mas Ozma, ainda serena e com sua nobre postura, olhou para Di-Su e declarou:

– Você não quis dizer isso. Está com raiva e fala de modo imprudente, sem pensar. Vim do meu palácio na Cidade das Esmeraldas para impedir a guerra e trazer a paz entre vocês e os Skeezers. Não aprovo o fato de a rainha Co-ee-oh transformar sua esposa Rora em uma porca, assim como não aprovo a tentativa cruel de Rora de envenenar os peixes no lago. Ninguém tem o direito de praticar magia em meus domínios sem meu consentimento, então os Flatheads e os Skeezers desacataram minhas leis, que devem ser obedecidas.

– Se você quer trazer a paz – falou Di-Su –, faça os Skeezers devolverem à minha esposa sua forma anterior, além de suas quatro latas de cérebros. Também faça com que eles nos permitam pescar no lago deles.

– Não – respondeu Ozma –, não vou fazer isso, pois seria injusto. Farei com que a Porca Dourada se transforme novamente em sua esposa Rora e darei a ela uma lata de cérebro, mas as outras três devem voltar para as mulheres de quem ela roubou. Vocês também não poderão pescar no Lago dos Skeezers, pois o lago é deles e os peixes pertencem a eles. Este acordo é justo e honroso, e você deve concordar com ele.

– Nunca! – gritou Di-Su. Foi então que uma porca entrou correndo na sala, proferindo grunhidos sombrios. Ela era feita de ouro maciço, com juntas nas curvas das pernas, no pescoço e nas mandíbulas. Os olhos da Porca Dourada eram rubis e seus dentes eram de marfim polido.

– Olhe ali! – continuou Di-Su –, veja a obra maligna da rainha Co-ee-oh e diga se você pode me impedir de declarar guerra aos Skeezers. Aquela besta era minha esposa, a mais bela Flathead da nossa montanha e uma bruxa habilidosa. Agora, olhe para ela!

– Lute contra os Skeezers, lute contra os Skeezers, lute contra os Skeezers! – grunhiu a Porca Dourada.

– Eu lutarei contra os Skeezers – gritou o chefe Flathead –, e nem mesmo uma dúzia de Ozmas de Oz me impediriam de lutar.

– Não se eu puder impedir! – afirmou Ozma.

– Você não pode impedir. E como você me ameaçou, deixarei vocês na prisão de bronze até o fim da guerra – declarou Di-Su. Ele assobiou, e quatro Flatheads muito fortes, armados com machados e lanças, entraram na sala e o saudaram. Voltando-se aos homens, ele disse:

– Peguem essas duas meninas, amarrem-nas com arames e joguem-nas na prisão de bronze.

Os quatro homens se curvaram, e um deles perguntou:

– Onde estão as duas garotas, nobre Di-Su?

Di-Su virou-se para onde Ozma e Dorothy estavam, mas elas tinham desaparecido!

A ILHA MÁGICA

Ozma, ao perceber que era inútil discutir com o Ditador Supremo dos Flatheads, começou a pensar na melhor forma de escapar dele. Ela percebeu que a feitiçaria de Di-Su podia ser difícil de superar. Assim, quando ele ameaçou jogar Dorothy e ela em uma prisão de bronze, ela deslizou a mão por dentro do vestido e agarrou sua varinha de prata. Com a outra mão, pegou Dorothy, mas esses movimentos foram tão naturais que Di-Su nem sequer os notou. Foi então que, ao Di-Su se virar para seus quatro soldados, Ozma fez com que ela e Dorothy ficassem invisíveis. Ela passou rapidamente com sua companheira ao lado do grupo de Flatheads e seguiu para fora da sala. Assim que chegaram à entrada e desceram os degraus de pedra, Ozma sussurrou:

– Vamos correr, querida! Somos invisíveis, então ninguém nos verá.

Dorothy ouviu e ela era uma boa corredora. Ozma marcou o lugar onde ficava a grande escadaria que levava à parte baixa da montanha, e elas foram diretamente para lá. Havia pessoas no caminho, porém as duas se esquivaram. Alguns Flatheads ouviram o tamborilar dos passos das meninas na calçada de pedra e olharam ao redor perplexos, mas, no fim, ninguém atrapalhou as duas fugitivas invisíveis.

Di-Su não perdeu tempo em iniciar a perseguição. Ele e seus homens correram tão rápido que talvez tivessem ultrapassado as meninas e chegado à escada primeiro que elas, não fosse pela Porca Dourada, que subitamente entrou na frente deles. Di-Su tropeçou na porca e caiu, e os outros quatro tropeçaram nele e caíram, formando uma pilha de homens. Antes que eles pudessem continuar a correr e chegar à boca da passagem, já era tarde demais para impedir as duas meninas.

Havia um guarda em cada lado da escada, mas é claro que não veriam Ozma e Dorothy enquanto elas passavam velozes e desciam. Em seguida, as duas tiveram que subir cinco degraus e descer outros dez, e assim por diante, da mesma maneira que fizeram para ir até o topo da montanha. Ozma iluminou o caminho com sua varinha, e elas continuaram sem diminuir a velocidade até chegarem ao fim da escada. Então, correram para a direita e passaram pela quina da parede invisível na mesma hora em que Di-Su e seus seguidores correram para fora da entrada arqueada e olharam em volta, na tentativa de encontrar as fugitivas.

Naquele momento, Ozma tinha certeza de que elas estavam seguras, então disse a Dorothy para parar. As duas sentaram-se na grama até que a respiração voltasse ao normal e elas descansassem daquela fuga louca.

Di-Su, ao perceber sua derrota, virou-se e subiu as escadas. Ele estava muito bravo, tanto com Ozma quanto consigo mesmo. Agora que teve tempo para pensar, ele lembrou-se de que conhecia muito bem a arte de deixar as pessoas invisíveis e visíveis novamente. Se tivesse pensado nisso a tempo, ele poderia ter usado seu conhecimento mágico para deixar as meninas visíveis e, assim, capturá-las facilmente. Só que agora era tarde demais para arrependimentos, e ele decidiu preparar-se de uma vez para avançar com todas as suas forças contra os Skeezers.

– O que devemos fazer agora? – perguntou Dorothy, quando já estavam descansadas.

– Vamos achar o Lago dos Skeezers – respondeu Ozma. – Pelo que o terrível Di-Su falou, imagino que os Skeezers sejam pessoas boas e dignas da nossa amizade, e se formos até eles, podemos ajudá-los a derrotar os Flatheads.

– Não acredito que a gente consiga parar a guerra agora – observou Dorothy, reflexiva, enquanto as duas caminhavam em direção às palmeiras.

– Não, Di-Su está determinado a lutar contra os Skeezers, então tudo o que podemos fazer é avisá-los do perigo e ajudá-los como pudermos.

– É claro que você punirá os Flatheads – disse Dorothy.

– Bem, eu não acho que o povo Flathead seja tão culpado quanto seu Ditador Supremo – foi a resposta. – Se ele for removido do poder e a magia ilegal tirada dele, as pessoas de lá provavelmente serão boas, respeitarão as leis da Terra de Oz e viverão em paz com todos os seus vizinhos no futuro.

– Espero que sim – disse Dorothy, com um suspiro de dúvida.

As palmeiras não estavam longe da montanha, e as garotas as alcançaram depois de uma rápida caminhada. As enormes árvores ficavam bem juntas, em três fileiras, e foram plantadas de modo a evitar que as pessoas passassem por elas, mas os Flatheads abriram uma passagem. Ozma encontrou o caminho e levou Dorothy para o outro lado.

Após atravessarem as palmeiras, elas avistaram um lugar maravilhoso. Cercado por um gramado verde, havia um grande lago, de mais ou menos um quilômetro e meio, de costa a costa. A água era extraordinariamente azul e cintilante, com algumas pequenas ondulações em sua superfície lisa quando a brisa a tocava. No centro deste lago, havia uma bela ilha. Ela não era muito grande e ficava quase toda coberta por uma enorme construção redonda, com paredes de vidro e uma cúpula alta, também de vidro, que brilhava intensamente ao sol. Entre essa construção e a margem da ilha não havia grama, flores ou arbustos, apenas uma vastidão de mármore branco bem polido. Não havia barcos nas orlas nem sinal de vida em qualquer lugar.

– Bem – disse Dorothy, olhando melancolicamente para a ilha –, encontramos o Lago dos Skeezers e sua Ilha Mágica. Acho que eles estão naquele grande palácio de vidro, mas não podemos alcançá-los.

RAINHA CO-EE-OH

A princesa Ozma então pensou no que fazer. Ela amarrou um lenço em sua varinha e, de pé na beira da água, acenou o lenço como se fosse uma bandeira, um sinal. Por um tempo, as duas apenas observaram, sem resposta.

– Não acho que isso funcionará – disse Dorothy. – Mesmo que os Skeezers estejam naquela ilha e nos vejam e saibam que viemos amigavelmente, eles não têm nenhum barco para vir nos buscar.

Mas os Skeezers não precisavam de barcos, como as meninas logo descobririam. Pois, de repente, uma entrada apareceu na base do palácio e, dela, um cabo fino de aço se estendeu lentamente através da água, mas de maneira constante, na direção onde elas estavam. Para as meninas, aquela estrutura de aço se parecia com um triângulo, cuja base ficava mais próxima da água. O grande objeto veio até elas na forma de um arco, estendendo-se desde a parede do palácio até atingir a margem, e lá repousou, enquanto a outra extremidade permaneceu na ilha.

Foi então que elas perceberam tratar-se de uma ponte, que consistia em um caminho de aço com largura suficiente apenas para andar e dois finos cabos para se segurar, um em cada lateral, que se ligavam ao piso por barras de aço. A ponte parecia bastante frágil, e Dorothy temia que não suportasse seu peso, mas Ozma imediatamente a chamou:

– Vamos! – e começou a atravessar, segurando firme nos cabos. Dorothy criou coragem e a seguiu. Antes mesmo que Ozma pudesse dar três passos, ela parou e forçou Dorothy a fazer o mesmo, pois a ponte estava se movendo e voltando à ilha.

– Nem precisamos caminhar – disse Ozma. Elas ficaram paradas e deixaram a ponte de aço levá-las. A ponte as deixou bem em frente à construção com a cúpula de vidro que cobria a ilha, e logo se encontraram em uma sala de mármore onde dois jovens elegantemente vestidos subiram em uma plataforma para recebê-las.

Ozma saiu direto da ponte para a plataforma de mármore, seguida por Dorothy. A ponte atrás delas desapareceu com um ligeiro ruído de aço, e uma placa de mármore cobriu a abertura de onde a ponte havia surgido.

Os dois jovens se curvaram para Ozma, e um deles disse:

A rainha Co-ee-oh dá as boas-vindas, ó, Estranhas. Sua Majestade está esperando para recebê-la em seu palácio.

– Mostre-nos o caminho – respondeu Ozma respeitosamente.

A plataforma de mármore começou a subir, até se encaixar em uma abertura no teto, que levava a uma grande cúpula de vidro que cobria quase toda a ilha.

Havia uma pequena vila dentro dessa cúpula, com casas, ruas, jardins e também parques. As casas eram de mármores coloridos, lindamente projetadas e com muitos vitrais, e as ruas e os jardins pareciam bem cuidados. Sob o centro da cúpula, havia um pequeno parque repleto de flores brilhantes e com uma vistosa fonte. Voltado para o parque, um edifício maior e mais imponente que os outros. Os jovens escoltaram Ozma e Dorothy até lá.

Nas ruas e nas portas ou janelas abertas das casas havia homens, mulheres e crianças, todos ricamente vestidos. Essas pessoas se pareciam muito com outros habitantes de diferentes partes da Terra de Oz, exceto que, em vez de aparentarem estar alegres, todas carregavam expressões muito sérias ou irritadas. Elas tinham casas lindas, roupas esplêndidas e comida farta, mas Dorothy logo soube que algo estava errado com a vida delas e que não eram felizes. A garotinha não disse nada, mas observou curiosa os Skeezers.

Na entrada do palácio, Ozma e Dorothy foram recebidas por outros dois jovens, uniformizados e portando armas estranhas, que pareciam estar no meio do caminho entre pistolas e rifles. Os jovens que conduziram as garotas se curvaram e depois foram embora, enquanto os dois uniformizados as conduziram ao palácio.

No belo salão do trono, cercada por uma dúzia ou mais de jovens, homens e mulheres, sentava-se a rainha dos Skeezers, Co-ee-oh. Ela parecia mais velha que Ozma e Dorothy. Devia ter 15 ou 16 anos, no mínimo. Embora ela estivesse muito bem arrumada, como se fosse a um baile, a menina era muito franzina e sem graça. Evidentemente, a rainha Co-ee-oh não percebia isso, pois seu ar e suas maneiras a faziam parecer orgulhosa e cheia de si. Dorothy na mesma hora concluiu que a rainha era arrogante e que não gostaria de estar na companhia dela.

O cabelo de Co-ee-oh era tão preto quanto sua pele era branca, e seus olhos eram pretos também. O olhar dela, enquanto examinava com calma Ozma e Dorothy, tinha um quê desconfiado e hostil, mas ela disse pausadamente:

– Sei quem você é, pois consultei meu Oráculo Mágico. Ele disse que você se chama princesa Ozma, a governante de toda a Terra de Oz, e a outra é a princesa Dorothy de Oz, que veio de um país chamado Kansas. Não sei nada sobre a Terra de Oz nem sobre o Kansas.

– Ora, esta é a Terra de Oz! – disse Dorothy em voz alta. – É uma parte da Terra de Oz, pelo menos, quer você saiba disso ou não.

– Sim, claro! – respondeu a rainha Co-ee-oh, com desdém. – Suponho que agora você dirá que esta princesa Ozma, governante da Terra de Oz, me governa!

– Com certeza – devolveu Dorothy. – Sem dúvidas.

A rainha virou-se para Ozma.

– Como você se atreve a pensar isso?

A essa hora, Ozma já havia percebido o caráter desta criatura arrogante e desdenhosa, cujo orgulho, evidentemente, a levou a acreditar ser superior a todos os outros.

– Não vim aqui para discutir com Vossa Majestade – disse a governante de Oz, calmamente. – O que e quem eu sou está bem estabelecido, e minha autoridade vem da Fada Rainha Lurline. Eu fazia parte do grupo de Lurline quando ela tornou Oz um Reino Encantado. Existem vários países e povos nesta vasta terra, cada um com seus governantes, reis, imperadores e rainhas. Mas todos obedecem às minhas leis e me reconhecem como a governante suprema.

– Se outras rainhas e outros reis são tolos, isso não me interessa em nada – respondeu Co-ee-oh, com desprezo. – Na Terra dos Skeezers, somente eu sou suprema. Você é atrevida por pensar que eu me subordinaria a você ou a qualquer outra pessoa.

– Não falemos disso agora, por favor – respondeu Ozma. – Sua ilha está em perigo, pois um poderoso inimigo se prepara neste momento para destruí-la.

– Ora! Os Flatheads. Eu não os temo.

– O Ditador Supremo deles é um Feiticeiro.

– Minha magia é maior que a dele. Que os Flatheads venham! Eles nunca retornarão ao topo de sua montanha estéril. Eu mesma cuidarei disso.

Ozma não gostou dessa atitude, pois significava que os Skeezers estavam ansiosos para lutar contra os Flatheads, e o objetivo de Ozma ao vir aqui era justamente evitar desentendimentos e fazer com que os dois vizinhos briguentos se reconciliassem. Ela também ficou muito decepcionada com Co-ee-oh, já que os relatos de Di-Su a levaram a imaginar a rainha como sendo mais justa e honrada que os Flatheads. Na verdade, Ozma refletiu e concluiu que a garota até pode ter um coração melhor que seu orgulho próprio e jeito autoritário fizeram parecer. De qualquer maneira, não seria inteligente opor-se a ela, mas sim tentar ganhar sua amizade.

– Não gosto de guerras, Vossa Majestade. – Na Cidade das Esmeraldas, onde governo milhares de pessoas, e nos países próximos à Cidade, onde outras milhares reconhecem meu governo, não existem exércitos, porque não há brigas e necessidade de lutar. Caso surjam diferenças entre meu povo, eles vêm até mim, eu julgo os casos e concedo justiça a todos. Então, quando eu soube que poderia acontecer uma guerra entre dois povos distantes de Oz, vim aqui para resolver essa disputa.

– Ninguém pediu que você viesse – declarou a rainha Co-ee-oh. – Resolver esta disputa é um problema meu, não seu. Você diz que minha ilha é uma parte da Terra de Oz, que você governa, mas isso é um absurdo, pois nunca ouvi falar da Terra de Oz nem a seu respeito. Você diz ser uma fada, e que as fadas deram-lhe o comando sobre mim. Não acredito! O que acho é que você é uma impostora e veio até aqui para causar problemas ao meu povo, que já está se tornando difícil de administrar. Vocês duas podem até ser espiãs dos desprezíveis Flatheads e estarem tentando me enganar. Mas entendam uma coisa – ela acrescentou, erguendo-se orgulhosamente do trono para confrontá-las –, eu tenho poderes mágicos maiores que os de qualquer fada ou Flathead. Sou uma Bruxa Krumbic, a única bruxa Krumbic no mundo, e não temo a magia de nenhuma outra criatura! Você diz governar milhares. Eu governo cento e um Skeezers. Mas cada um deles treme de medo com qualquer palavra que eu diga. E agora que as tais Ozma de Oz e princesa Dorothy estão aqui, governarei cento e três súditos, pois vocês também se curvarão diante do meu poder. Mais que isso: ao regê-la, também governo os milhares que você diz comandar.

– Dorothy ficou muito indignada com essas palavras.

– Tenho uma gatinha que às vezes fala assim – disse ela –, mas depois que dou um jeito nela, ela não fica se achando tão superior e poderosa. Se você soubesse quem é Ozma, você estaria morrendo de medo agora por ter falado desse jeito!

A rainha Co-ee-oh lançou um olhar arrogante para a garota. Ela então virou-se novamente para Ozma.

– Tomei conhecimento – disse ela – de que os Flatheads pretendem nos atacar amanhã, mas estamos prontos para enfrentá-los. Até que a batalha termine, manterei vocês duas como prisioneiras na minha ilha, da qual não há chance de escaparem.

Ela se virou e olhou para o grupo de cortesãos que estava em silêncio ao redor do seu trono.

– Lady Aurex – ela continuou, escolhendo uma das jovens –, leve essas crianças para sua casa e cuide delas, dando-lhes comida e hospedagem. Você pode permitir que elas andem por qualquer lugar sob a Grande Cúpula, pois são inofensivas. Depois de lidar com os Flatheads, pensarei no que fazer com essas garotas tolas.

Ela retornou ao seu assento, e Lady Aurex se curvou e falou, humildemente:

– Obedeço aos comandos da Vossa Majestade. – Em seguida, disse para Ozma e Dorothy: – Sigam-me – e virou-se para sair do salão do trono.

Dorothy observou para ver o que Ozma faria. Para sua surpresa, e um pouco para sua decepção, Ozma virou-se e seguiu Lady Aurex. Dorothy foi atrás delas, mas não sem antes despedir-se com um olhar de desdém para a rainha Co-ee-oh, que estava com o rosto virado para o outro lado e não viu a cara de desaprovação da garota.

LADY AUREX

Lady Aurex conduziu Ozma e Dorothy até uma linda casa de mármore. O lugar ficava próximo à margem da grande cúpula de vidro que cobria a vila. A dama da rainha não falou nem uma palavra sequer durante o percurso, assim como as pessoas carrancudas que elas viram pelas ruas. Chegando à casa, ela levou as meninas até um agradável cômodo, confortavelmente mobiliado. Quando se sentaram, Lady Aurex perguntou se elas estavam com fome, chamou uma criada e ordenou que trouxesse comida.

Lady Aurex parecia ter cerca de 20 anos, embora na Terra de Oz, onde as pessoas nunca mudam de aparência desde que as fadas a transformaram em um reino encantado e onde ninguém envelhece ou morre, é sempre difícil dizer a idade de alguém. Ela tinha um rosto agradável e atraente, embora sua expressão fosse sisuda e triste, como a de todos os Skeezers. Seu traje era rico e sofisticado, por ter se tornado uma dama ao servir a rainha.

Ozma observou bem Lady Aurex e perguntou a ela, em tom gentil:

– Você também acredita que eu seja uma impostora?

– Não me atrevo a dizer – respondeu Lady Aurex em voz baixa.

– Por que você tem medo de falar livremente? – perguntou Ozma.

– A rainha nos pune se fizermos comentários que ela não aprova.

– Mas não estamos sozinhas nesta casa, afinal?

– A rainha pode ouvir tudo o que falamos nesta ilha, até mesmo o mais leve sussurro – declarou Lady Aurex. – Co-ee-oh é uma bruxa maravilhosa, como ela lhe disse, e é tolice criticá-la ou desobedecer a seus comandos.

Ozma olhou nos olhos dela e percebeu que Lady Aurex gostaria de dizer mais se pudesse. Então, Ozma pegou sua varinha de prata e murmurou uma frase mágica em uma língua estranha. Em seguida, saiu da sala e rodeou lentamente a parte externa da casa, fazendo um círculo completo e balançando sua varinha em curvas místicas enquanto caminhava. Lady Aurex a observou com curiosidade e, quando Ozma voltou para a sala e sentou-se, ela perguntou:

– O que você fez?

– Coloquei um encanto nesta casa, de maneira que Co-ee-oh, mesmo com toda a sua bruxaria, não conseguirá ouvir uma palavra que dissermos dentro do círculo mágico que fiz – respondeu Ozma. – Agora somos livres para falar alto e bom som, sem medo da fúria da rainha.

O rosto de Lady Aurex iluminou-se ao ouvir isso.

– Posso acreditar em você?

– Todo mundo confia em Ozma – comentou Dorothy. – Ela é verdadeira e honesta, e sua rainha perversa lamentará ter insultado a poderosa governante de toda a Terra de Oz.

– A rainha ainda não me conhece – disse Ozma –, mas quero que você me conheça, Lady Aurex, assim como também quero que me conte por que você e todos os Skeezers são tão infelizes. Não tema a raiva de Co-ee-oh, pois ela não pode ouvir nada do que conversarmos, garanto-lhe.

Lady Aurex ficou pensativa por um momento, então falou:

– Vou confiar em você, princesa Ozma, pois acredito que é quem diz ser, nossa suprema governante. Se conhecesse as punições terríveis que nossa rainha inflige a nós, você não ficaria surpresa por parecermos tão tristes. Os Skeezers não são pessoas ruins. Não se importam com essas discussões e lutas nem mesmo com aqueles ditos inimigos, os Flatheads. Mas sentem-se tão intimidados por Co-ee-oh e com medo dela que obedecem a qualquer palavra que ela diga.

– Ela não tem nenhuma bondade no coração? – perguntou Dorothy.

– Ela nunca demonstra misericórdia. Não ama ninguém além de si mesma –, afirmou Lady Aurex, que tremia ao dizer isso, como se ainda tivesse medo da sua terrível rainha.

– Isso é muito ruim, disse Dorothy, balançando a cabeça e com semblante sério. – Vejo que você tem muito o que fazer por aqui, Ozma, neste canto esquecido da Terra de Oz. Em primeiro lugar, você tem que tirar os poderes mágicos da rainha Co-ee-oh, assim como os daquele terrível Di-Su. Acho que nenhum dos dois é a pessoa certa para governar, pois são cruéis e odiosos. Você terá que nomear novos governantes para os Skeezers e Flatheads e ensinar a todas essas pessoas que elas são parte da Terra de Oz e que devem obedecer, acima de tudo, a governante legítima, Ozma de Oz. Quando você tiver feito isso, podemos voltar para casa.

Ozma sorriu depois de ouvir o conselho sincero da sua pequena amiga, mas Lady Aurex disse ansiosa:

– Estou surpresa que você sugira essas mudanças enquanto ainda são prisioneiras nesta ilha e estão sob o comando de Co-ee-oh. Que tudo isso deve ser feito, não há dúvida, mas provavelmente uma terrível guerra estourará em breve, e coisas péssimas podem acontecer a todos nós. Nossa rainha é tão presunçosa que pensa ter forças para superar Di-Su e seu povo, mas dizem que a magia dele é muito poderosa, embora não tanto quanto à de sua esposa Rora, antes de Co-ee-oh a transformar em uma porca dourada.

– Por isso, eu não a culpo tanto – observou Dorothy. – Os Flatheads foram perversos ao tentar pegar seus lindos peixes, e a Bruxa Rora ainda quis envenenar todos eles.

– Você sabe o porquê? – perguntou Lady Aurex.

– Não acho que exista alguma razão, além de maldade – respondeu Dorothy.

– Conte-nos o motivo – disse Ozma.

– Então, Vossa Majestade, houve uma vez, há muito tempo, em que Flatheads e Skeezers eram amigos. Eles visitavam nossa ilha, e nós a montanha deles. Tudo corria bem entre os dois povos. Naquela época, os Flatheads eram governados por três Praticantes de Feitiçaria, lindas meninas que não eram Flatheads, mas que chegaram àquela montanha e passaram a viver lá. Essas três Especialistas usavam sua magia apenas para o bem, e o povo da montanha, de bom grado, fez delas governantes. Elas ensinaram os Flatheads a usar o cérebro enlatado e a transformar metais em roupas que nunca se desgastariam, e muitas outras coisas que os deixaram contentes.

– Co-ee-oh já era nossa rainha – continuou Lady Aurex –, porém não possuía poderes mágicos. Portanto, não tinha nada do que se orgulhar. Mas as três Especialistas foram muito gentis. Elas construíram para nós esta maravilhosa cúpula de vidro e nossas casas de mármore, além de nos ensinarem a costurar roupas bonitas e a fazer muitas coisas mais. Co-ee-oh fingiu ser muito grata pelos favores. Acontece que, na realidade, ela parecia ter ciúmes das três Especialistas durante todo esse tempo. Em segredo, tentou descobrir as artes mágicas delas. Nisso, sim, ela era mais inteligente que qualquer um suspeitava. Um dia, ela convidou as três Especialistas para um banquete e, enquanto festejavam, Co-ee-oh roubou seus amuletos e instrumentos mágicos e as transformou em três peixes: um peixe dourado, um peixe prata e um peixe bronze. Enquanto os pobres peixes esbaforiam-se e caíam desamparados no chão do salão de banquetes, um deles disse em tom de censura:

– Você será punida por isso, Co-ee-oh. Se uma de nós morrer ou for destruída, você ficará enfraquecida, indefesa e toda a magia que roubou deixará de existir. Assustada com essa ameaça, Co-ee-oh imediatamente pegou os três peixes e correu com eles para a margem do lago, onde os lançou na água. Isso reavivou as três Especialistas, e elas nadaram para longe e desapareceram.

– Eu mesma testemunhei essa cena chocante – finalizou Lady Aurex –, e muitos outros Skeezers. A notícia chegou aos Flatheads, que, antes amigos, passaram a ser inimigos. Di-Su e sua esposa Rora foram os únicos na montanha que ficaram felizes com a partida das três Especialistas. Eles imediatamente se tornaram governantes dos Flatheads e roubaram os cérebros enlatados de outras pessoas para ficarem mais poderosos. Algumas das ferramentas mágicas das Especialistas foram deixadas na montanha. Rora as tomou para ela e, com seu uso, tornou-se uma bruxa.

O resultado da traição de Co-ee-oh foi deixar Skeezers e Flatheads infelizes em vez de felizes. Não foram apenas Di-Su e a esposa dele que trataram seu povo com crueldade. Imediatamente, nossa rainha ficou orgulhosa e arrogante e passou a nos tratar muito mal. Todos os Skeezers sabiam que ela roubou os poderes mágicos. Ela tomou ódio por nós, nos fez curvar diante dela e obedecer à menor palavra que proferisse. Se houvesse desobediência, algo que não a agradasse ou falássemos dela, mesmo dentro da nossa própria casa, elas nos arrastava para o tronco de açoite em seu palácio e nos amarrava com cordas atadas por nós. É por isso que a tememos tanto.

Essa história encheu o coração de Ozma de tristeza e o de Dorothy de indignação.

– Agora entendo – disse Ozma – o porquê de os peixes terem causado a guerra entre os Skeezers e os Flatheads.

– Sim – Lady Aurex respondeu –, agora que você conhece a história, acho que fica fácil entender. Di-Su e sua esposa vieram ao nosso lago na esperança de pegar o peixe prata, o peixe ouro ou o peixe bronze. Qualquer um deles serviria, pois a destruição de apenas um já privaria Co-ee-oh de seus poderes. Depois disso, Di-Su e Rora poderiam facilmente dominá-la. E eles tinham mais um motivo para pegar um dos peixes: temiam que, de alguma maneira, as três Especialistas recuperassem suas formas e voltassem à montanha para puni-los. Foi por isso que Rora tentou envenenar todos os peixes do lago, e Co-ee-oh a transformou em uma porca dourada. Claro que essa tentativa de destruir os peixes assustou a rainha, pois sua segurança depende de mantê-los vivos.

– Acho que Co-ee-oh lutará contra os Flatheads com todas as suas forças – observou Dorothy.

– E com toda a sua magia – acrescentou Ozma, pensativa.

– Não vejo como os Flatheads podem chegar a esta ilha e nos machucar – disse Lady Aurex.

– Eles têm arcos e flechas. Penso que pretendem atirar flechas na grande cúpula e quebrar todos os vidros dela – sugeriu Dorothy.

Mas Lady Aurex balançou a cabeça, com um sorriso.

– Eles não podem fazer isso – respondeu.

– Por que não?

– Não me atrevo a dizer o porquê, mas se os Flatheads vierem amanhã de manhã vocês mesmas verão.

– Não acho que eles tentarão danificar a ilha – declarou Ozma. – Acredito que eles tentarão primeiro destruir os peixes, por veneno ou algum outro meio. Se eles tiverem sucesso nisso, a conquista da ilha não será difícil.

– Eles não têm barcos – disse Lady Aurex –, e Co-ee-oh, que há muito espera por esta guerra, tem se preparado de muitas maneiras surpreendentes. Quase chego a desejar que os Flatheads nos conquistem, pois assim nos livraríamos da nossa terrível rainha. Mas não quero ver os três peixes destruídos, pois neles reside nossa única esperança de uma felicidade futura.

– Ozma cuidará de você, aconteça o que acontecer – Dorothy garantiu. Só que Lady Aurex, sem saber a extensão do poder de Ozma, que, na verdade, não era tão grande quanto Dorothy imaginava, não se sentia muito segura com a promessa.

Era evidente que haveria momentos emocionantes no dia seguinte, se os Flatheads realmente atacassem os Skeezers da Ilha Mágica.

SOB A ÁGUA

Quando a noite caiu, todo o interior da Grande Cúpula, com suas ruas e casas, foi iluminado com lâmpadas incandescentes brilhantes, que deixaram o lugar claro como o dia. Dorothy então imaginou que a ilha devia ser bem bonita à noite vista pela margem externa do lago. Houve festança e um banquete no palácio da rainha, e a música da banda real podia ser claramente ouvida da casa de Lady Aurex, onde Ozma e Dorothy permaneceram com sua anfitriã e guardiã. Embora fossem prisioneiras, eram tratadas com muita consideração.

Lady Aurex ofereceu uma bela ceia às meninas e, no momento em que quiseram dormir, levou-as até um belo quarto com camas confortáveis e desejou a elas boa-noite e bons sonhos.

– O que você acha de tudo isso, Ozma? – Dorothy perguntou ansiosa, quando ficaram sozinhas.

– Estou feliz por termos vindo – foi a resposta. – Mesmo que haja danos amanhã, era preciso que eu conhecesse essas pessoas cujos líderes são selvagens, sem lei e oprimem seus súditos com injustiças e crueldades. Minha missão, portanto, é libertar os Skeezers e os Flatheads e garantir a felicidade deles. Não tenho dúvida de que posso conseguir isso a tempo.

– Mas não estamos em uma situação boa – afirmou Dorothy. – Se a rainha Co-ee-oh vencer amanhã, ela não será legal com a gente. E se Di-Su for o vencedor, pior ainda.

– Não se preocupe, querida – disse Ozma. – Não acho que estejamos em perigo, não importa o que aconteça, e o resultado da nossa aventura com certeza será bom.

Dorothy não estava preocupada. Ela confiava na amiga, a fada princesa de Oz, e gostava da emoção provocada por aqueles acontecimentos. Então, ela dirigiu-se para a cama e adormeceu tão facilmente como se estivesse em seu próprio e aconchegante quarto no Palácio de Ozma.

Foi quando um estrondo, uma espécie de rangido, a despertou. Toda a ilha parecia tremer e oscilar, como se um terremoto a tivesse atingido. Dorothy sentou-se na cama, esfregando os olhos para despertar, e então percebeu que já era manhã.

Ozma vestia-se às pressas.

– O que é isso? – perguntou Dorothy, pulando da cama.

– Não tenho certeza – respondeu Ozma –, mas parece que a ilha está afundando.

Elas terminaram de vestir-se o mais rápido possível, enquanto o rangido e o tremor continuaram. Então correram para a sala e encontraram Lady Aurex, já completamente vestida, esperando por elas.

– Não se assustem – disse a anfitriã. – Co-ee-oh decidiu submergir a ilha, é só. Mas isso prova que os Flatheads estão vindo para nos atacar.

– O que você quer dizer com sub-sub-mergir? – perguntou Dorothy, gaguejando.

– Venha aqui e veja – foi a resposta.

Lady Aurex levou-as até uma janela que dava para a lateral da grande cúpula que cobria toda a vila. Elas puderam ver que a ilha estava mesmo afundando, já que a água do lago alcançava a metade da cúpula. Através do vidro, avistaram peixes nadando e algas balançando, pois a água era clara como cristal. Era possível ver até mesmo a costa mais distante do lago.

– Os Flatheads ainda não chegaram – disse Lady Aurex. – Eles virão em breve, mas não antes que toda esta cúpula esteja sob a superfície da água.

– A água não entrará na cúpula? – Dorothy perguntou ansiosa.

– Não mesmo.

– A ilha já foi sub-sub-mergida antes?

– Ah, sim. Várias vezes. Mas Co-ee-oh não gosta de fazer isso, pois o processo é muito trabalhoso. A cúpula fora construída de um jeito que a ilha pudesse desaparecer. Eu acho – ela continuou – que nossa rainha tem medo de que os Flatheads ataquem a ilha e tentem quebrar o vidro da cúpula.

– Bem, se estamos embaixo da água, eles não podem lutar com a gente, e não podemos lutar com eles – garantiu Dorothy.

– Mas eles poderiam matar os peixes – disse Ozma, com seriedade.

– Conseguimos lutar, mesmo com nossa ilha submersa – afirmou Lady Aurex. – Não posso contar-lhe todos os nossos segredos, mas esta ilha é cheia de surpresas. Além disso, a magia da nossa rainha é impressionante.

– Será que ela roubou todos os poderes das três Especialistas em Magia, que agora são peixes?

– Ela roubou o conhecimento e as ferramentas mágicas, mas as usou como as três nunca teriam feito.

A esta hora, o topo da cúpula já estava completamente submerso, e a ilha parou de se mover.

– Olhem, olhem! – gritou Lady Aurex, apontando para a costa. – Os Flatheads vieram.

Na margem, que agora estava muito acima das da cabeça delas, uma multidão de figuras podia ser vista.

– Agora vamos ver o que Co-ee-oh fará para lutar contra eles – continuou Lady Aurex, em uma voz que traía sua suposta empolgação.

* * *

Os Flatheads, abrindo caminho pela fileira de palmeiras, atingiram a margem do lago assim que a ilha desapareceu. A água agora fluía de uma costa a outra, mas, através da água clara, ainda se podiam ver a cúpula e as casas dos Skeezers de forma imprecisa pelos painéis de vidro.

– Ótimo! – exclamou Di-Su, que havia armado todos os seus soldados e levado consigo dois caldeirões de cobre, os quais cuidadosamente colocou ao lado dele, no chão, quando chegaram. – Se Co-ee-oh quiser esconder-se em vez de lutar, nosso trabalho será fácil, pois em um desses caldeirões tenho veneno suficiente para matar todos os peixes do lago.

– Mate-os enquanto temos tempo, assim podemos ir para casa novamente – aconselhou um dos soldados.

– Ainda não – Di-Su se opôs. – A rainha dos Skeezers desafiou-me, e quero colocá-la sob meu poder, assim como destruir a magia dela. Co-ee-oh transformou minha pobre esposa em uma porca dourada, e devo me vingar por isso, não importa o que a gente faça.

– Cuidado! – gritaram alguns dos soldados, apontando para o lago. – Algo vai acontecer.

Uma porta se abriu na cúpula submersa, e um objeto negro disparou rapidamente pelas águas. A porta se fechou no mesmo instante atrás daquela criatura sombria, que seguiu, sem subir à superfície, direto para o lugar onde os Flatheads estavam.

* * *

– O que é aquilo? – Dorothy perguntou para Lady Aurex.

– É um dos submarinos da rainha – ela respondeu. – Ele é todo vedado e pode se mover debaixo da água. Co-ee-oh tem vários desses barcos, que são mantidos em pequenas salas no porão da nossa vila. Quando a ilha fica submersa, a rainha é transportada por eles para chegar à costa, e acredito que ela agora pretenda lutar contra os Flatheads usando esses submarinos.

Di-Su e seu povo nada sabiam sobre os submarinos de Co-ee-oh, então eles assistiram surpresos à aproximação de um dos barcos que, já bem próximo à margem, apontou na superfície. O topo dele se abriu, revelando em seu interior vários Skeezers armados. À frente daqueles homens, estava a rainha, de pé na proa e segurando em uma das mãos uma corda mágica que brilhava como prata.

O barco então parou, e Co-ee-oh jogou seu braço para trás, impulsionando-se para arremessar a corda prateada em direção a Di-Su, que agora estava a apenas poucos metros dela. Mas o astuto líder Flathead logo percebeu o perigo que corria e, antes mesmo que a rainha pudesse jogar a corda, pegou um dos recipientes de cobre e arremessou todo o seu conteúdo bem na cara dela!

A CONQUISTA

Nesse momento, a rainha Co-ee-oh largou a corda, cambaleou e caiu de cabeça no lago, afundando na água, enquanto os Skeezers no submarino estavam confusos demais para ajudá-la. Eles apenas olharam para as ondulações onde ela havia desaparecido. Pouco tempo depois, no mesmo lugar, surgia uma bela fêmea de cisne branco. A criatura era grande e graciosa. Espalhados por todas as suas penas, havia minúsculos diamantes, tão ricamente colocados que, ao caírem os raios de sol da manhã sobre eles, todo o corpo da fêmea de cisne reluzia como um diamante. O seu bico era de ouro polido e seus olhos eram duas ametistas cintilantes.

– Viva! – gritou Di-Su, saltando de um lado para o outro com uma alegria perversa. – Minha pobre esposa, Rora, finalmente é vingada. Você fez dela uma porca dourada, Co-ee-oh, e eu fiz de você uma fêmea de Cisne Diamante. Fique neste seu lago para sempre, pois com essas nadadeiras você não pode mais fazer magia e é tão impotente quanto a Porca em que você transformou minha esposa!

– Vilão! Canalha! – grasnou a fêmea de Cisne Diamante. – Você será punido por isso. Ah, que idiota eu fui por deixar você lançar um encanto em mim!

– Antes uma idiota, e agora também! – riu Di-Su, dançando loucamente em seu deleite. Foi então que, descuidadamente, ele derrubou o outro caldeirão de cobre com o calcanhar, e seu conteúdo se espalhou todo pelas areias.

Di-Su parou e olhou para o caldeirão tombado com um semblante extremamente triste.

– Isso é muito ruim, muito ruim! – gritou ele. – Perdi todo o veneno que eu tinha para matar os peixes. Não tenho como fazer mais porque apenas minha esposa sabia o segredo para isso, e agora ela é uma Porca tola e se esqueceu de toda a sua magia.

– Muito bem – disse a fêmea de Cisne Diamante com desdém, enquanto flutuava sobre a água, nadando graciosamente. Alegra-me ver sua frustração. Sua punição está apenas começando, pois mesmo que você tenha lançado um encanto em mim e tirado meus poderes de feitiçaria, os três peixes mágicos ainda estão por aí, e eles vão destruir você quando a hora chegar, grave minhas palavras.

Di-Su olhou para a fêmea de cisne por um momento. Então, gritou para seus homens:

– Atirem nela! Atirem nessa ave atrevida!

Eles lançaram algumas flechas na fêmea de Cisne Diamante, mas ela mergulhou para o fundo do lago, e as armas foram inofensivas. Co-ee-oh já estava longe da costa quando retornou à superfície e nadou rapidamente para onde nenhuma flecha ou lança poderia alcançá-la.

Di-Su coçou o queixo, pensando no que fazer em seguida. Próximo a ele, estava o submarino em que a rainha tinha vindo, mas os Skeezers dentro dele não sabiam nem o que fazer consigo mesmos. Talvez eles nem lamentassem o fato de que sua cruel soberana tivesse se tornado uma fêmea de cisne, mas a verdade é que aquela transformação os deixou completamente indefesos. O barco subaquático não era operado por máquinas, mas sim por certas palavras místicas proferidas por Co-ee-oh. Eles não sabiam como submergir, ou como criar um escudo à prova de água para cobri-los novamente, ou como fazer o barco voltar ao castelo, ou como levá-lo ao pequeno porão onde normalmente era mantido. Na verdade, agora eles estavam separados da sua vila sob a Grande Cúpula e não podiam retornar. Então, um dos homens chamou o Ditador Supremo dos Flatheads, dizendo:

– Por favor, faça de nós prisioneiros e leve-nos à sua montanha, alimente-nos e mantenha-nos, pois não temos para onde ir.

Di-Su sorriu e respondeu:

– Jamais. Não quero ter trabalho cuidando de um monte de Skeezers estúpidos. Fiquem onde estão ou vão para onde quiserem, contanto que se mantenham longe da nossa montanha. – Ele se virou para seus homens e acrescentou: – Nós conquistamos a rainha Co-ee-oh e fizemos dela uma fêmea de cisne indefesa. Os Skeezers estão debaixo da água e assim devem continuar. Já que vencemos a guerra, vamos para casa festejar e fazer um banquete, agora que provamos, depois de tanto tempo, que os Flatheads são maiores e mais poderosos que os Skeezers.

Os Flatheads marcharam para longe, passaram pela fileira de palmeiras e voltaram à montanha, onde Di-Su e alguns dos seus soldados festejaram, enquanto todos os outros foram forçados a servi-los.

– Lamento por não termos porco assado – falou Di-Su –, mas como a única porca aqui é de ouro, não podemos comê-la. Acontece também que a Porca Dourada é minha esposa, e, mesmo se ela não fosse de ouro, tenho certeza de que seria muito difícil de comer.

CISNE DIAMANTE

Quando os Flatheads foram embora, a fêmea de Cisne Diamante nadou de volta para perto do barco, e um dos jovens Skeezers, chamado Ervic, disse a ela ansioso:

– Como conseguiremos voltar à ilha, Vossa Majestade?

– Não sou maravilhosa? – perguntou Co-ee-oh, arqueando o pescoço graciosamente e espalhando suas asas repletas de diamantes. – Posso ver meu reflexo na água e tenho certeza de que não há ave, nem animal, nem humano tão magnífico como eu!

– Por favor, como fazemos para voltar à ilha, Vossa Majestade? – implorou Ervic.

– Quando minha fama espalhar-se pelo país, as pessoas viajarão de todos os cantos até este lago para contemplar a minha beleza – disse Co-ee-oh, sacudindo suas penas para fazer os diamantes brilharem mais intensamente.

– Mas, Vossa Majestade, precisamos voltar para casa e não sabemos como fazer isso – Ervic insistiu.

– Meus olhos – observou a fêmea de Cisne Diamante – são maravilhosamente azuis e brilhantes e fascinarão todos que me virem.

– Diga como fazemos o barco partir, como conseguimos voltar à ilha – implorou Ervic, e os outros gritaram desesperados: – Diga para nós, Co-ee-oh, diga!

– Não sei – respondeu a rainha com indiferença.

– Você é uma maga, uma feiticeira, uma bruxa!

– Fui, sim, quando ainda era uma garota – disse ela, inclinando a cabeça em direção à água cristalina para ver o próprio reflexo –, mas agora me esqueci de todas essas bobagens, como a magia. As fêmeas de cisnes são mais belas que garotas, principalmente quando repletas de diamantes. Vocês não acham? – e assim ela foi embora, nadando graciosamente e sem parecer importar-se se a resposta dela foi satisfatória ou não.

Ervic e seus companheiros ficaram desesperados.

Eles perceberam claramente que Co-ee-oh não poderia ou não iria mesmo ajudá-los. A ex-rainha não tinha consideração pela sua ilha, seu povo ou sua maravilhosa magia. Ela só tinha a intenção de admirar sua própria beleza.

– Realmente – disse Ervic com uma voz triste –, os Flatheads nos conquistaram.

* * *

Alguns desses eventos foram testemunhados por Ozma, Dorothy e Lady Aurex, que saíram de casa e foram para perto do vidro da cúpula para ver o que estava acontecendo. Muitos dos Skeezers também se amontoaram na cúpula, imaginando o que aconteceria a seguir. Apesar de a visão estar um pouco turva pela água e por precisarem olhar para cima para enxergarem algo, eles conseguiram ver as principais cenas daquele drama. Viram o submarino da rainha Co-ee-oh chegar à superfície e se abrir; viram a rainha se preparando para jogar a corda mágica; viram a transformação repentina dela em uma fêmea de Cisne Diamante, e, nesse momento, gritos de espanto surgiram dentro da cúpula.

– Muito bem! – exclamou Dorothy. – Eu odeio aquele velho Di-Su, mas gostei de ver Co-ee-oh sendo punida.

– Isto é uma tragédia! – gritou Lady Aurex, pressionando as mãos em seu coração.

– Sim – concordou Ozma, balançando a cabeça pensativa. – A desgraça de Co-ee-oh será um golpe terrível para seu povo.

– O que vocês querem dizer com isso? – perguntou Dorothy surpresa. – Achei que os Skeezers tinham dado sorte de perder sua rainha cruel.

– Se isso fosse tudo, você estaria certa – respondeu Lady Aurex –, e se a ilha estivesse no lugar certo, não seria tão grave. Mas aqui estamos no fundo do lago e presos nesta cúpula.

– Vocês não conseguem suspender a ilha? – perguntou Dorothy.

– Não, não, apenas Co-ee-oh sabia como fazer isso – foi o que Lady Aurex respondeu.

– Podemos tentar – insistiu Dorothy. – Se ela foi feita para descer, também deve ter um jeito de subir. A maquinaria para fazer isso acontecer ainda está aqui, suponho.

– Sim, mas ela funciona por magia, e Co-ee-oh nunca compartilharia seus poderes secretos com nenhum de nós.

Dorothy ficou com o semblante mais sério, mas ela estava pensando em algo.

– Ozma conhece muito de magia – disse.

– Mas não esse tipo de magia – Ozma respondeu.

– Você não consegue aprender, observando os equipamentos que ela usa?

– Receio que não, minha querida. Não é magia das fadas, é feitiçaria.

– Bem – disse Dorothy, virando-se para Lady Aurex –, você diz que há outros barcos sub-sub-mergidos. Podemos entrar em um desses e ir até a superfície, como Co-ee-oh fez, e assim escapar. E então podemos ajudar a resgatar todos os Skeezers aqui embaixo.

– Ninguém sabe como operar os submarinos, exceto a rainha – declarou Lady Aurex.

– Não há nenhuma porta ou janela nesta cúpula que possamos abrir?

– Não. Mesmo se houvesse, a água entraria, inundaria a cúpula e não conseguiríamos sair.

– Os Skeezers – disse Ozma, voltando à conversa – não se afogariam. Eles apenas ficariam encharcados, o que seria muito desconfortável. Mas você é uma garota mortal, Dorothy, e mesmo se seu Cinturão Mágico lhe protegesse da morte, você teria que ficar para sempre no fundo do lago.

– Não, prefiro morrer rápido – afirmou a menina. – Mas há portas no porão que se abrem para deixar a ponte e os barcos saírem, e isso não inunda a cúpula.

– Essas portas se abrem com uma palavra mágica, e apenas Co-ee-oh conhece a palavra que deve ser proferida – disse Lady Aurex.

– Minha nossa! – gritou Dorothy. – Essa bruxaria terrível da rainha impede todos os meus planos de fuga. Acho que vou desistir, Ozma, e deixar você nos salvar.

Ozma sorriu, mas seu sorriso não era tão alegre como de costume. A princesa de Oz se viu confrontada por um grande problema, e, embora não estivesse desesperada, ela percebeu que os Skeezers e sua ilha, assim como Dorothy e ela, estavam em situação complicada. A menos que ela pudesse encontrar um meio de salvá-los, todos seriam dados como perdidos na Terra de Oz pela eternidade.

– Diante de um dilema como este – falou ela, pensativa –, nada se ganha tendo pressa. Pensar com calma pode nos ajudar, assim como o desenrolar dos acontecimentos. É sempre provável que o inesperado aconteça, e uma paciência otimista é melhor que uma ação imprudente.

– Tudo bem – respondeu Dorothy –, leve o tempo que precisar, Ozma. Não há pressa. Que tal um café da manhã, Lady Aurex?

A anfitriã levou-as de volta para casa, onde ordenou que os servos, trêmulos pelo que tinha acabado de acontecer, preparassem e servissem o café da manhã. Todos os Skeezers estavam aflitos e assustados com a transformação da sua rainha em cisne. Co-ee-oh era temida e odiada, mas eles dependiam da sua magia para conquistar os Flatheads, e ela era a única que poderia elevar a ilha à superfície do lago.

Antes de o café da manhã terminar, vários líderes Skeezers vieram até Aurex para pedir seu conselho e questionar a princesa Ozma, de quem nada sabiam, exceto que ela afirmava ser uma fada e governante de todas as terras, incluindo o Lago dos Skeezers.

– Se o que falou para a rainha Co-ee-oh for verdade – eles disseram a ela –, então é nossa soberana legal, e podemos contar com você para nos tirar dessa situação difícil.

– Tentarei fazer isso – Ozma afirmou educadamente –, mas vocês devem lembrar-se de que os poderes concedidos às fadas são para trazer conforto e felicidade. Ao contrário disso, a magia que Co-ee-oh sabia e praticava era bruxaria ilegal, e nenhuma fada se degradaria fazendo isso. Mas às vezes é necessário considerar o mal para realizar o bem. Assim, ao estudar as ferramentas e os feitiços de Co-ee-oh, pode ser que eu encontre uma forma de nos salvar. Vocês prometem me aceitar como sua governante e obedecer aos meus comandos?

Eles prometeram com toda boa vontade.

– Então – continuou Ozma –, irei ao palácio de Co-ee-oh e tomarei posse dele. Talvez o que eu encontrar lá seja útil para mim. Enquanto isso, diga a todos os Skeezers que nada temam, mas que tenham paciência. Deixe-os voltar para a casa e realizar suas tarefas diárias como de costume. A perda de Co-ee-oh pode não ser uma desgraça no fim das contas, mas sim uma bênção.

Logo depois, todos se juntaram à banda de metais da Ilha, e uma grande procissão acompanhou Ozma e Dorothy ao palácio, onde os ex-servos de Co-ee-oh estavam ansiosos para servi-las. Ozma convidou Lady Aurex para ficar no palácio também, pois ela sabia tudo sobre os Skeezers e sua ilha, além de também ter sido uma das favoritas da ex-rainha. Portanto, suas informações e seus conselhos com certeza seriam valiosos.

Mas Ozma ficou um tanto desapontada com o que encontrou no palácio. Um dos cômodos da suíte de Co-ee-oh era inteiramente dedicado à prática de bruxaria, e nele podiam ser vistos incontáveis objetos esquisitos, jarros de unguentos, frascos de poções rotulados com nomes bizarros, estranhas máquinas que Ozma não sabia para que serviam, potes de sapos, caracóis e lagartos em conserva e uma estante de livros escritos com sangue, mas em uma linguagem que a governante de Oz desconhecia.

– Não consigo entender – disse Ozma a Dorothy, que a acompanhou em sua pesquisa – como Co-ee-oh sabia o uso das ferramentas mágicas que ela roubou das três Especialistas. Além disso, pelo o que ouvi até agora, as Especialistas praticavam apenas boa bruxaria, que seriam úteis ao seu povo, enquanto Co-ee-oh fez apenas o mal.

– Talvez ela tenha usado de modo perverso coisas que eram boas? – sugeriu Dorothy.

– Sim, e com o conhecimento que Co-ee-oh adquiriu, sem dúvida, ela inventou muitas coisas ruins, coisas que as bondosas Especialistas desconheciam, e agora elas são peixes – acrescentou Ozma. – É uma pena para nós que a rainha tenha mantido seus segredos tão bem guardados, pois ninguém além dela conseguiria usar quaisquer desses estranhos objetos reunidos nesta sala.

– Não poderíamos capturar a fêmea de Cisne Diamante e fazê-la contar os segredos? – perguntou Dorothy.

– Não, mesmo que pudéssemos capturá-la, Co-ee-oh agora se esqueceu de tudo sobre magia que ela sabia. De qualquer forma, estamos impedidos de capturá-la, estando presos nesta cúpula e, se conseguíssemos escapar, nem precisaríamos da magia de Co-ee-oh.

– É verdade – admitiu Dorothy. – Mas Ozma, veja que boa ideia! Não poderíamos capturar os três peixes, o ouro, o prata e o bronze, e você trazê-los de volta às suas formas originais? Assim, as três Especialistas nos tirariam daqui?

– Você não é muito prática, querida Dorothy. Seria tão difícil para nós capturar os três peixes, entre todos os outros do lago, quanto capturar a fêmea de cisne.

– Mas, se pudéssemos, eles seriam mais úteis para nós – persistiu a garotinha.

– Isso é verdade – respondeu Ozma, achando graça da ânsia da amiga. – Encontre uma maneira de pegar os peixes, e prometo que, assim que isso acontecer, farei com que voltem à sua forma anterior.

– Sei que você acha que não consigo fazer isso, mas vou tentar– respondeu Dorothy.

Ela deixou o palácio e foi para um lugar onde poderia ter uma visão clara da água que rodeava a cúpula de vidro. Imediatamente, a garotinha interessou-se pelas coisas que viu.

O Lago dos Skeezers era habitado por peixes de vários tipos e tamanhos. A água era tão transparente que Dorothy conseguia visualizar o interior do lago a uma grande profundidade, e os peixes chegavam tão perto do vidro da cúpula que às vezes eles até o tocavam. Nas areias brancas do fundo do lago havia estrelas-do-mar, lagostas, caranguejos e muitos mariscos com formas estranhas, além de conchas em lindos tons. A vegetação da água tinha cores vibrantes, o que, para Dorothy, lembrava um jardim esplêndido.

Mas o que Dorothy achou mais interessante foram os peixes. Alguns eram grandes, preguiçosos, e flutuavam lentamente pela água ou repousavam deitados apenas mexendo suas nadadeiras. Muitos tinham grandes olhos redondos, que olhavam diretamente para a garota enquanto ela os olhava, e Dorothy se perguntou se eles poderiam ouvi-la através do vidro se ela falasse com eles. Em Oz, onde todos os animais e pássaros podem falar, muitos peixes são capazes disso também, mas geralmente eles são mais tontos que pássaros e outros animais, já que pensam devagar e não têm muito o que dizer.

No Lago dos Skeezers, os peixes de menor tamanho eram mais ativos que os grandes e disparavam rapidamente por entre as algas, como se estivessem com pressa e com coisas importantes a fazer. Entre as variedades menores é que Dorothy esperava avistar os peixes ouro, prata e bronze. Ela pensava que os três estariam juntos, sendo companheiros agora como eram em suas formas naturais. No entanto, uma multidão de peixes passava constantemente, e a cena mudava a cada momento, então ela não tinha certeza se os notaria, mesmo se estivessem à vista dela. Seus olhos não podiam observar em todas as direções ao mesmo tempo, e os peixes que ela procurava poderiam estar do outro lado da cúpula ou em lugar mais longe do lago.

– Talvez, por estarem com medo de Co-ee-oh, tivessem se escondido em algum lugar e ainda não soubessem da transformação da sua inimiga – refletiu Dorothy.

Ela observou os peixes por um longo tempo, até que ficou com fome e voltou ao palácio para almoçar. Mas não tinha desanimado.

– Alguma novidade, Ozma? – ela perguntou.

– Você encontrou os três peixes?

– Ainda não. Mas se não tiver nada melhor para eu fazer, Ozma, então acho que vou voltar e observar mais.

O ALARME

Glinda, a Boa, em seu palácio no País dos Quadling, tinha muitas coisas para ocupar sua mente, pois ela não só cuidava da tecelagem e dos bordados do seu grupo de damas como auxiliava todos os que vinham implorar pela sua ajuda, de feras, passando por pássaros e até pessoas. No entanto, ela era também uma aplicada estudiosa das artes da feitiçaria e passava muito tempo em seu Laboratório Mágico, onde se esforçava para encontrar um remédio para cada um dos males e aperfeiçoar suas habilidades em magia.

Mas ela não se esquecia de consultar todos os dias o Grande Livro de Registros para ver se algo fora dito sobre a visita de Ozma e Dorothy à Montanha Encantada dos Flatheads e à Ilha Mágica dos Skeezers. Os registros mostraram que Ozma chegou à montanha, tendo depois escapado de lá com sua companheira Dorothy e ido para a ilha dos Skeezers. Mostraram também que a rainha Co-ee-oh afundou a ilha para que o local ficasse inteiramente submerso. Então, apareceu o registro de que os Flatheads foram ao lago para envenenar os peixes e que seu Ditador Supremo transformou a rainha Co-ee-oh em uma fêmea de cisne.

Nenhum outro detalhe fora dado no Grande Livro. Assim, Glinda não tinha conhecimento de que, desde então, Co-ee-oh não se lembrava mais da sua magia e que nenhum dos Skeezers sabia como fazer a ilha voltar à superfície. Por isso, Glinda não se preocupou com Ozma e Dorothy, até uma manhã em que, enquanto estava reunida com suas damas, ouviu o soar repentino do grande alarme. Isso era tão incomum de acontecer que todas se assustaram, até mesmo a feiticeira. Por um instante, ela não conseguia nem pensar o significado do alarme.

Foi neste momento que se lembrou do anel dado a Dorothy, quando a garotinha deixou o palácio rumo à aventura por terras desconhecidas. Ao entregar o anel, Glinda avisou a menina para não usar seus poderes mágicos, a menos que ela e Ozma estivessem em perigo real. Se isso acontecesse, Dorothy deveria girá-lo em seu dedo uma vez para a direita e outra para a esquerda. Assim, o alarme de Glinda tocaria.

A Feiticeira agora sabia que um grande risco ameaçava sua amada governante e a princesa Dorothy, e ela correu ao salão para buscar informações sobre que tipo de perigo seria. A resposta para a pergunta dela não foi muito satisfatória, pois informava apenas: "Ozma e Dorothy são prisioneiras na grande Cúpula da Ilha dos Skeezers, que está sob as águas do lago".

– Ozma não tem o poder de levar a ilha à superfície? – perguntou Glinda.

– Não – foi a resposta, e o Registro nada mais disse, exceto que a rainha Co-ee-oh, que poderia fazer com que a ilha subisse, fora transformada pelo Flathead Di-Su em uma fêmea de Cisne Diamante.

Logo depois, Glinda consultou os registros anteriores dos Skeezers no Grande Livro. Após uma pesquisa cuidadosa, ela descobriu que

Co-ee-oh era uma feiticeira poderosa, que ganhou a maior parte dos seus poderes ao transformar, de uma maneira traiçoeira, as Especialistas em Magia em peixes, um ouro, um prata e um bronze, quando elas a visitaram. E depois disso lançou-as no lago.

Glinda refletiu seriamente sobre essa informação e decidiu que alguém deveria ajudar Ozma. Embora não houvesse grande pressa nisso, já que Ozma e Dorothy poderiam viver em uma cúpula submersa por um longo tempo, era evidente que não conseguiriam sair de lá até que alguém pudesse erguer a ilha.

A Feiticeira fez buscas em todas as suas fórmulas e em seus livros de feitiçaria, mas não conseguiu encontrar nenhuma magia que levantasse uma ilha submersa. Afinal, tal feito nunca havia sido requisitado na feitiçaria. Foi então que Glinda criou uma pequena ilha, coberta por uma cúpula de vidro, e realizou um teste, mergulhando-a em um poço perto do seu castelo. Ela conduziu vários experimentos mágicos para tentar trazer a pequena ilha à superfície, mas todos falharam. Parecia uma coisa simples de fazer, mas que ela não conseguia.

No entanto, a sábia Feiticeira não se desesperou para encontrar uma maneira de libertar suas amigas. Por fim, ela concluiu que o melhor seria ir até o país Skeezer e examinar o lago. Assim, seria mais provável que descobrisse uma solução para aquele problema que a aborrecia, e então elaboraria um plano para resgatar Ozma e Dorothy.

Glinda convocou suas cegonhas e sua carruagem aérea, e disse às suas damas de companhia que estava partindo em uma viagem e talvez demorasse a retornar. Ela entrou na carruagem e seguiu rapidamente rumo à Cidade das Esmeraldas.

No palácio da princesa Ozma, quem agora governava a Terra de Oz era o Espantalho. Não havia muito o que fazer, já que tudo corria tranquilamente na Cidade, mas ele estava lá no caso de algum imprevisto.

Glinda encontrou o Espantalho jogando croqué com Trot e Betsy Bobbin, duas meninas que viviam no palácio sob a proteção de Ozma. Elas eram grandes amigas de Dorothy e muito queridas por todo o pessoal de Oz.

– Alguma coisa aconteceu! – gritou Trot, quando a carruagem da Feiticeira desceu perto delas. – Glinda nunca vem aqui, a não ser por algum problema.

– Espero que Ozma e Dorothy estejam bem – disse Betsy, ansiosa, quando a adorável Feiticeira desceu da carruagem.

Glinda aproximou-se do Espantalho, contou-lhe o dilema de Ozma e Dorothy e acrescentou:

– Devemos encontrar uma forma de salvá-las, Espantalho.

– Claro – respondeu ele, tropeçando em um arco usado para o jogo e caindo com sua cara pintada no chão.

As meninas o pegaram e deram uns tapinhas em seu recheio de palha para que ele tomasse forma novamente, e o Espantalho continuou, como se nada tivesse acontecido:

– Mas você vai ter que me dizer o que fazer, pois nunca ergui uma ilha submersa em toda a minha vida.

– Devemos convocar um Conselho de Estado o mais rapidamente possível – propôs a Feiticeira. – Por favor, envie mensageiros para reunir todos os conselheiros de Ozma neste palácio. Assim, podemos decidir o melhor a fazer.

O Espantalho não perdeu tempo. Felizmente, a maioria dos conselheiros reais morava na Cidade das Esmeraldas ou perto dela, então todos se encontraram no salão do trono do palácio naquela mesma noite.

CONSELHEIROS DE OZMA

Nenhum governante jamais teve uma variedade tão excêntrica de conselheiros como a que a princesa Ozma congregou em torno do seu trono. Na verdade, em nenhuma outra terra esses seres incríveis poderiam existir. Mas Ozma os amava por suas peculiaridades e confiava em cada um deles.

O primeiro era o Homem de Lata. Cada pedaço dele era feito de um estanho brilhantemente polido. Todas as suas juntas eram mantidas bem lubrificadas e se moviam suavemente. O Homem de Lata carregava consigo um machado reluzente para provar que era um lenhador, mas raramente tinha motivo para usá-lo, já que vivia em um magnífico castelo de estanho no País Winkie de Oz e era o imperador de todos os Winkies. Seu nome era Nick Lenhador. Embora tivesse uma cabeça muito boa, faltava-lhe um coração, por isso ele era bem cuidadoso para não fazer nada rude ou ferir os sentimentos de alguém.

Outra conselheira era Aparas, a Menina dos Retalhos de Oz, que fora feita de uma colcha de retalhos espalhafatosa, recortada e recheada com algodão. Aparas era muito inteligente, mas também tão serelepe e pregadora de peças que muitas pessoas ignorantes a achavam louca. Aparas era divertida em todos os momentos, por mais tensos que fossem, e seu riso e bom humor foram valiosos para animar os outros. Em suas observações aparentemente descuidadas, muitas vezes era possível encontrar grandes doses de sabedoria.

Havia também o Homem-Farrapo, desalinhado da cabeça aos pés, cabelo e bigodes, roupas e sapatos, mas muito gentil e amável, além de um dos conselheiros mais leais de Ozma.

Tic-Tac era mais um dos conselheiros, um homem de cobre com engrenagens dentro dele, tão habilmente construído que se movia, falava e pensava com a ajuda de três diferentes relógios. Tic-Tac era muito confiável porque sempre fazia exatamente o que deveria fazer quando davam corda nele, mas sua maquinaria às vezes estava sujeita a falhas. Quando isso acontecia, ele ficava completamente indefeso até que se recuperasse.

Outra pessoa que se podia chamar de diferente era Jack Cabeça de Abóbora, um dos amigos mais antigos de Ozma, e seu companheiro em muitas aventuras. O corpo de Jack era muito grosseiro e desajeitado, formado de galhos de árvores de diferentes tamanhos e articulado com pinos de madeira. Mas era um corpo firme e difícil de quebrar ou se desgastar. Quando estava vestido, as roupas cobriam a maior parte da sua aspereza. A cabeça do Jack Cabeça de Abóbora era, como você já deve ter imaginado, uma abóbora madura, com os olhos, o nariz e a boca esculpidos em um dos lados. A abóbora ficava presa ao pescoço de madeira de Jack e estava sujeita a virar de lado ou para trás. Quando isso acontecia, ele tinha que endireitá-la com suas mãos de madeira.

A pior coisa nesse tipo de cabeça é que ela não durava muito tempo, estragando mais cedo ou mais tarde. Então, o principal negócio de Jack era cultivar uma plantação repleta de boas abóboras todos os anos, e, sempre antes de sua cabeça estragar, ele escolhia uma abóbora fresca do campo e esculpia muito bem suas feições. Assim, tinha uma cabeça novinha para substituir a velha sempre que necessário. Como ele nem sempre esculpia suas feições da mesma forma, seus amigos nunca sabiam exatamente que tipo de expressão encontrariam a cada novo rosto. Mas não havia como confundi-lo, já que ele era o único homem com cabeça de abóbora na Terra de Oz.

Um marinheiro de uma perna só também era membro do conselho de Ozma. O nome dele era Capitão Bill. Ele veio para a Terra de Oz com Trot e foi muito bem-vindo, em razão da sua inteligência, honestidade e educação. Ele usava uma perna de madeira para substituir a que havia perdido e era um ótimo amigo para as crianças de Oz, já que podia talhar todos os tipos de brinquedos de madeira com seu grande canivete.

O Professor M. A. Zógol Besouro I.I. era outro membro do conselho. O "M. A." significava Muitíssimo Aumentado, pois o professor, antes um pequeno inseto, cresceu até chegar ao tamanho de um homem, e assim permaneceu. "I.I." significava Inteiramente Instruído. Zógol Besouro era reitor da Faculdade Real de Atletismo Científico de Oz, da princesa Ozma. Para que os alunos não precisassem perder tanto tempo estudando, que poderia ser dedicado a esportes como futebol, beisebol e similares, o Professor M. A. Besouro I.I. inventou as famosas Pílulas Educacionais. Se um dos estudantes tomasse uma pílula de Geografia após o café da manhã, ele aprendia sua lição de Geografia em um instante; se tomasse uma pílula para soletrar, ele rapidamente aprendia sua lição de ortografia; uma pílula aritmética habilitava o aluno a fazer qualquer tipo de soma sem nem ter que pensar nisso.

Essas pílulas eram tão úteis que tornaram a faculdade muito popular e ensinaram aos meninos e às meninas de Oz suas matérias da maneira mais fácil possível. Apesar disso, o Professor Besourão não era tão querido fora da faculdade, pois era muito vaidoso. Ele se admirava tanto e exibia sua inteligência e erudição tão constantemente que ninguém fazia questão de juntar-se a ele. No entanto, Ozma considerava seus conselhos valiosos.

Talvez o mais esplendidamente vestido de todos os presentes fosse um grande sapo, do tamanho de um homem, chamado de Homem-Sapo, conhecido por sua sabedoria em citar provérbios. Ele veio do país Yip de Oz para a Cidade das Esmeraldas, e era um convidado de honra. O Homem-Sapo vestia um casaco de veludo de cauda longa, um colete de cetim e calças fabricadas com a melhor seda. Fivelas de diamante adornavam seus sapatos. Costumava carregar uma bengala com a ponta de ouro e usava um chapéu alto, de seda. As cores mais chamativas estavam presentes em seu rico traje, então podia ser um pouco cansativo olhar para ele por muito tempo, até se acostumar com todo aquele esplendor.

O melhor fazendeiro de toda a Oz era o Tio Henry, que era mesmo tio de Dorothy. Ele vivia perto da Cidade das Esmeraldas com sua esposa, Tia Em. Tio Henry ensinou o povo de Oz a cultivar os melhores legumes, frutas e grãos, e era muito útil para Ozma, ajudando a manter os Armazéns Reais bem fartos. Também era um conselheiro.

A razão pela qual menciono o pequeno Mágico de Oz por último é porque ele era o homem mais importante da Terra de Oz. Não era um homem grande em tamanho, mas sim em poder e inteligência, ficando atrás apenas de Glinda, a Boa, em conhecimento sobre as artes místicas. Glinda era sua mentora, e apenas ela e o Mágico eram autorizados por lei a praticar magia e feitiçaria, artes que eles aplicavam apenas para bons usos e em benefício do povo.

O Mágico não era exatamente bonito, mas era simpático. Sua careca brilhava como se tivesse sido envernizada. Trazia sempre um brilho alegre no olhar e era tão ágil quanto um colegial. Dorothy diz que o Mágico não é tão poderoso quanto Glinda porque a feiticeira não ensinou a ele tudo o que conhece, mas o que o Mágico sabe, ele sabe muito bem, então sua magia é notável.

Esses dez conselheiros, acompanhados por Espantalho e Glinda, reuniram-se no Salão do Trono de Ozma logo após o jantar naquela noite, e a feiticeira contou a eles tudo o que sabia da situação de Ozma e Dorothy.

– Claro que devemos resgatá-las – ela continuou –, e, quanto mais cedo isso acontecer, mais felizes elas ficarão. Mas o que devemos determinar agora é como elas podem ser salvas. É por isso que convoquei este Conselho.

– A maneira mais fácil – observou o Homem-Farrapo – é elevar a ilha novamente até a superfície.

– Como? – perguntou Glinda.

– Não sei, Vossa Majestade, nunca ergui uma ilha afundada antes.

– Podemos todos entrar por baixo dela e levantá-la – sugeriu o Professor Besourão.

– Como podemos entrar embaixo dela se ela está no fundo do lago? – perguntou a Feiticeira.

– Não poderíamos passar uma corda em volta dela e puxá-la para a margem? – perguntou Jack Cabeça de Abóbora.

– Por que, então, não bombear a água do lago? – sugeriu a Menina dos Retalhos, com uma risadinha.

– Seja sensata! – implorou Glinda. – Este é um assunto sério, e nós devemos pensar bem nisso.

– Qual é o tamanho do lago e quão grande é a ilha? – perguntou o Homem-Sapo.

– Não sabemos, pois nenhum de nós já esteve lá.

– Nesse caso – disse o Espantalho –, parece-me que devemos ir até o país dos Skeezers e analisá-lo cuidadosamente.

– Muito bem – concordou o Homem de Lata.

– Nós-teremos-que-ir-lá-de-qualquer-maneira – comentou Tic-Tac, com sua voz robótica.

– A questão é quem e quantos de nós iremos? – disse o Mágico.

– Eu devo ir, claro – declarou o Espantalho.

– E eu – disse a Menina dos Retalhos.

– É meu dever para com Ozma ir – afirmou o Homem de Lata.

– Eu não poderia deixar de ir, sabendo que nossa amada princesa está em perigo – disse o Mágico.

– Todos nós nos sentimos assim – disse Tio Henry.

Por fim, o grupo inteiro decidiu ir ao país dos Skeezers, com Glinda e o pequeno Mágico como líderes. A magia deste lado deve encontrar a magia do outro lado para conseguir conquistá-la, por isso esses dois praticantes das artes mágicas eram essenciais para garantir o sucesso da expedição.

Todos estavam prontos para partir a qualquer momento, pois nenhum deles tinha assuntos importantes a tratar. Jack usava uma cabeça de abóbora novinha, e o Espantalho tinha sido recheado com palha fresca há pouco tempo. O maquinário do Tic-Tac estava em boas condições, e o Homem de Lata sempre esteve bem lubrificado.

– É uma longa jornada – disse Glinda –, e, embora eu possa viajar rapidamente ao país dos Skeezers com minha carruagem de cegonha, vocês, no entanto, precisariam caminhar até lá. Então, como devemos nos manter juntos, enviarei a carruagem de volta ao meu castelo e vamos partir da Cidade das Esmeraldas ao nascer do sol de amanhã.

A GRANDE FEITICEIRA

Betsy e Trot, ao saberem da Expedição de Resgate, imploraram ao Mágico para que pudessem ir, e ele consentiu. A Gata de Vidro, ao ouvir a conversa, quis ir junto. O Mágico também a autorizou.

A Gata de Vidro era uma das verdadeiras curiosidades de Oz. Foi criada e ganhou vida pelas mãos de um sábio mago chamado dr. Pipt, que não tinha permissão para fazer magia e era um cidadão comum da Cidade das Esmeraldas. Ela era de vidro transparente, através do qual se podia ver com clareza seu coração de rubi batendo e seu cérebro rosado girando no topo da cabeça.

Os olhos da Gata de Vidro eram esmeraldas. Sua lindíssima e volumosa cauda era de fibra de vidro. O coração de rubi, embora fosse bonito de olhar, era duro e frio. Por isso, o humor da Gata de Vidro não era nada agradável, às vezes. Ela desprezava pegar ratos, não os comia e era extremamente preguiçosa. No entanto, se você elogiasse a notável gata por sua beleza, ela seria muito simpática, pois, acima de tudo, adorava ser admirada. Seu cérebro rosa sempre estava a todo vapor, e, de fato, ela era mais inteligente que a maioria dos gatos comuns.

Na manhã seguinte, juntaram-se mais três integrantes à Expedição de Resgate, exatamente quando o grupo iniciava sua jornada. O primeiro foi um menino chamado Botão-Brilhante, porque, bem, ele não tinha outro nome que alguém soubesse. Ele era um rapazinho forte, bem-educado e bem-humorado, que tinha apenas um defeito grave: estava sempre se perdendo. Tudo bem que Botão-Brilhante conseguia ser encontrado na mesma frequência com que se perdia, mas mesmo assim seus amigos não deixavam de preocupar-se todas as vezes que isso acontecia.

– Chegará um dia – previu a Menina dos Retalhos – em que ele não será encontrado, e esse será o fim dele. – Mas isso não preocupava Botão-Brilhante, que era tão descuidado a ponto de parecer incapaz de quebrar aquele hábito de se perder.

O segundo a integrar o grupo foi um menino Munchkin com mais ou menos a idade de Botão-Brilhante, de nome Ojo. Ele era frequentemente chamado de "Ojo, o Sortudo", porque a boa sorte o seguia aonde quer que fosse. Ele e Botão-Brilhante eram amigos íntimos, mesmo com jeitos tão diferentes, e Trot e Betsy gostavam de ambos.

O terceiro e último a juntar-se à expedição foi um enorme leão, um dos guardiões habituais de Ozma, e a fera mais importante e inteligente de toda a Oz. Ele autodenominou-se Leão Covarde, dizendo que o menor perigo o apavorava tanto que seu coração batia contra as costelas. Mas quem o conhecia sabia que os medos do Leão Covarde andavam lado a lado com sua bravura e que, por mais assustado que ficasse, ele criava coragem para enfrentar todos os perigos que encontrasse. Ele salvou Dorothy e Ozma várias vezes, mas depois gemia, tremia e chorava de tanto medo.

– Se Ozma precisa de ajuda, vou ajudá-la – disse a grande fera. – Além disso, suspeito que vocês possam precisar de mim na viagem, especialmente Trot e Betsy, pois terão que passar por uma parte perigosa do país. Conheço essa região selvagem de Gillikin muito bem, e suas florestas abrigam muitos animais ferozes.

O grupo ficou feliz por ter o Leão Covarde como parte do grupo. Bem dispostos, os integrantes da expedição formaram uma procissão e marcharam para fora da Cidade das Esmeraldas em meio à aclamação do povo, que lhes desejava sucesso e um retorno em segurança com sua amada governante.

O grupo seguiu um caminho diferente daquele que fora feito por Ozma e Dorothy, pois atravessou o País Winkie e seguiu em direção ao Norte, rumo à terra de Oogaboo. Mas antes de chegarem a essa terra, eles desviaram para a esquerda e entraram na Grande Floresta Gillikin, a coisa mais próxima de uma natureza selvagem em toda a Oz. Até o Leão Covarde precisou admitir que certas partes desta floresta eram desconhecidas, embora ele já tivesse perambulado por entre aquelas árvores muitas vezes. Já o Espantalho e o Homem de Lata, que eram grandes viajantes, nunca tinham estado lá.

A floresta só foi alcançada após uma marcha entediante, pois alguns dos membros da Expedição de Resgate tinham ritmos muito diferentes de caminhada. A Menina dos Retalhos era leve como uma pena e muito ágil; o Homem de Lata era capaz de reconhecer o terreno tão facilmente quanto Tio Henry e o Mágico; Tic-Tac andava lentamente, e o menor bloqueio na estrada era suficiente para pará-lo, até que os outros o retirassem. Isso fazia com que a potência de sua maquinaria diminuísse, então Betsy e Trot revezavam-se para dar corda nele.

O Espantalho, embora mais desajeitado, dava menos trabalho. Mesmo tropeçando e caindo muitas vezes, ele conseguia simplesmente levantar-se e dar um tapinha em seu corpo recheado de palha para voltar à boa forma.

Outro desajeitado era Jack Cabeça de Abóbora. Ao caminhar, sua cabeça balançava ao redor do pescoço, e isso provavelmente faria com que ele seguisse na direção errada. Mas o Homem-Sapo pegou Jack pelo braço e o guiou. Assim, ele pôde seguir o caminho mais facilmente.

A perna de pau do Capitão Bill não o impediu de acompanhar os outros, e o velho marinheiro podia andar tanto quanto qualquer um deles.

Quando entraram na floresta, o Leão Covarde assumiu a liderança. Ainda que não houvesse trilhas abertas por humanos, muitas feras fizeram as suas, que apenas os olhos do leão, conhecedor da vida na floresta, podiam identificar. Então, ele seguiu abrindo caminho, com Glinda ao lado dele e os outros atrás, em fila única.

Existem perigos na floresta, é claro, mas como o enorme Leão liderou a missão, ele manteve os habitantes selvagens longe dos outros. Até que um enorme leopardo saltou sobre a Gata de Vidro e a prendeu em suas poderosas mandíbulas, mas acabou por quebrar vários dos seus dentes e, com uivos de dor e frustração, soltou sua presa e desapareceu entre as árvores.

– Você está machucada? – Trot perguntou ansiosa para a Gata de Vidro.

– Imagina! – exclamou a criatura em um tom de voz irritado. – Nada pode machucar o vidro, e sou muito forte para me quebrar facilmente. Mas estou irritada com a imprudência daquele leopardo. Ele não tem respeito pela beleza ou inteligência. Se visse meu cérebro rosa funcionar, ele perceberia que sou muito importante para ser agarrada pelas mandíbulas de uma fera.

– Deixa para lá – disse Trot, consolando-a. – Ele não fará isso novamente.

Eles estavam praticamente no centro da floresta quando Ojo, o garoto Munchkin, de repente disse:

– Onde está Botão-Brilhante?

Eles pararam e olharam ao redor. Botão-Brilhante não estava com o grupo.

– Minha nossa – observou Betsy –, acho que ele se perdeu de novo!

– Quando você o viu pela última vez, Ojo? – indagou Glinda.

– Foi há algum tempo – respondeu Ojo. – Ele estava lá no fim da fila, jogando galhos nos esquilos que estavam nas árvores. Então, fui conversar com Betsy e Trot, e só agora percebi que ele sumiu.

– Isso é péssimo – disse o Mágico –, pois com certeza atrasará nossa viagem. Devemos encontrar o Botão-Brilhante antes de prosseguirmos. Esta floresta está cheia de feras que não hesitariam em rasgar o menino em pedaços.

– Mas o que devemos fazer? – perguntou o Espantalho. – Quem de nós deixar o grupo para procurar por Botão-Brilhante poderá ser vítima das feras, e não teremos ninguém para nos proteger, principalmente se for o Leão o escolhido a ir.

– Poderia ser a Gata de Vidro – sugeriu o Homem-Sapo. – As feras não podem causar nenhum dano a ela, como vimos.

O Mágico se virou para Glinda.

– Pela sua feitiçaria, não dá para descobrir onde está Botão-Brilhante? – ele perguntou.

– Acho que sim – respondeu a Feiticeira.

Glinda chamou o Tio Henry, pedindo-lhe que trouxesse o cesto dela que ele carregava. Glinda o abriu e tirou de lá um pequeno espelho redondo. Na superfície do vidro, ela espalhou um pó branco. Em seguida, limpou o pó com seu lenço e olhou no espelho, que refletiu uma parte da floresta. Ali, sob uma grande árvore, dormia Botão-Brilhante. De um lado, havia um tigre, pronto para saltar; do outro, um grande lobo cinza, com suas presas expostas cintilando de uma forma perversa.

– Meu Deus! – gritou Trot, olhando por cima do ombro de Glinda. – Eles com certeza vão pegar e matar Botão-Brilhante.

Todos aglomeraram-se para olhar o espelho mágico.

– Isso é muito ruim, muito ruim! – disse o Espantalho, com tristeza.

– São as consequências de se perder! – falou o Capitão Bill, com um suspiro.

– Acho que ele é um caso perdido! – disse o Homem-Sapo, enxugando os olhos em seu lenço de seda.

– Mas onde ele está? Não podemos salvá-lo? – perguntou Ojo, o Sortudo.

– Se soubéssemos onde ele está, provavelmente conseguiríamos salvá-lo – respondeu o pequeno Mágico –, mas aquela árvore se parece tanto com todas as outras árvores daqui que não conseguimos dizer se é longe ou perto.

– Olhem para Glinda! – gritou Betsy.

Glinda, após entregar o espelho ao Mágico, começou a dar passos estranhos com os braços estendidos e a recitar, em voz baixa e doce, um encantamento místico. A maioria deles assistiu à Feiticeira com olhos ansiosos, e o desespero foi dando lugar à esperança de que ela poderia salvar seu amigo. O Mágico, porém, observava a cena no espelho, enquanto Trot, Espantalho e o Homem-Farrapo olhavam por cima dos seus ombros.

E o que eles viram foi ainda mais estranho do que os movimentos de Glinda. O tigre saltou sobre o menino adormecido, mas, de repente, perdeu seu poder de se mover e caiu deitado. Já o lobo cinza parecia incapaz de tirar suas patas do chão. Tentou levantar primeiro uma perna, depois a outra e, ao ver-se estranhamente preso no lugar, começou a uivar e a rosnar com raiva. Eles não conseguiam ouvir os uivos e rosnados, mas podiam ver a boca da criatura aberta e suas mandíbulas grossas se movendo. Botão-Brilhante, no entanto, estando a apenas alguns metros de distância do lobo, ouviu seus gritos de raiva, que o despertaram de um sono até então imperturbável.

O menino sentou-se e olhou primeiro para o tigre e depois para o lobo. Seu semblante mostrou que, por um momento, ele ficou bastante assustado, mas logo percebeu que as feras não podiam aproximar-se dele. Botão-Brilhante levantou-se e observou curioso os animais, com um sorriso malicioso. Foi então que, de propósito, ele chutou a cabeça do tigre e, depois de pegar um galho caído de uma árvore, foi até o lobo e deu uma surra nele. As duas feras ficaram furiosas, mas não poderiam se vingar disso.

Botão-Brilhante jogou o galho no chão e, com as mãos nos bolsos, começou a caminhar sem preocupação alguma.

– Agora – disse Glinda –, vamos deixar a Gata de Vidro correr ao encontro dele. Ele está naquela direção – apontou o caminho –, mas quão longe eu não sei. Apresse-se e traga-o de volta a nós o mais rápido possível.

A Gata não costumava obedecer às ordens de ninguém, mas ela realmente temia a grande Feiticeira. Assim que aquelas palavras foram ditas, ela disparou para longe e logo não era mais possível vê-la.

O Mágico devolveu o espelho para Glinda, já que a imagem da floresta havia sumido. Os que queriam descansar sentaram-se para aguardar o retorno de Botão-Brilhante. Não demorou muito para ele aparecer por entre as árvores e, quando se juntou aos seus amigos, disse em um tom rabugento:

– Nunca mais mandem aquela Gata de Vidro para me encontrar. Ela foi muito indelicada e, como se já não soubéssemos que ela não tem mesmo educação, eu ainda acrescentaria que ela me insultou.

Glinda voltou-se para o menino severamente.

– Você nos causou muito nervosismo e aborrecimento – disse ela. – E mais, conseguiu salvar-se apenas por causa da minha magia. Eu o proíbo de perder-se novamente.

– Claro – ele respondeu. – Não será minha culpa se eu me perder de novo, mas não foi minha culpa desta vez também.

OS PEIXES ENCANTADOS

Devo contar-lhes agora o que aconteceu com Ervic e os outros três Skeezers que foram deixados flutuando no barco de ferro após a rainha Co-ee-oh ser transformada em uma fêmea de Cisne Diamante pela magia do Flathead Di-Su.

Os quatro Skeezers eram todos jovens, e seu líder era Ervic. Co-ee--oh os levou com ela no barco para ajudá-la caso conseguisse capturar o líder Flathead, como ela esperava fazer com sua corda prateada. Eles desconheciam a bruxaria necessária para que o submarino andasse e, ao serem deixados no lago, não sabiam o que fazer. Eles não conseguiriam submergir o submarino nem retornar à ilha. Não havia remos nem velas no barco, que não estava ancorado e flutuava silenciosamente na superfície do lago.

A fêmea de Cisne Diamante simplesmente não se importou com seu povo. Ela partiu para o outro lado do lago, e as súplicas e os chamados de Ervic e seus companheiros foram ignorados pela presunçosa ave.

Como não havia mais nada que pudessem fazer, sentaram-se em silêncio no barco e esperaram, o mais pacientemente que podiam, alguém vir acudi-los.

Os Flatheads recusaram-se a ajudá-los e voltaram para a montanha deles. Já os demais Skeezers estavam presos na Grande Cúpula e não podiam auxiliar nem a si próprios. Quando a noite chegou, eles viram a fêmea de Cisne Diamante, ainda na margem oposta do lago, sair da água, agitar suas penas cravejadas com diamantes, e então desaparecer entre os arbustos em busca de um lugar para repousar.

– Estou com fome – disse Ervic.

– Estou com frio – disse outro Skeezer.

– Estou cansado – disse um terceiro.

– Estou com medo – disse o último deles.

Mas não adiantava reclamar. A noite caiu e a Lua apareceu, lançando um brilho prateado sobre a superfície da água.

– Vão dormir – disse Ervic a seus companheiros. – Vou ficar acordado e vigiar, pois podemos ser resgatados de alguma forma inesperada.

Os outros três então deitaram-se no barco e logo estavam dormindo.

Ervic observou. Ele foi descansar, inclinando-se sobre a proa do barco, com o rosto perto da água iluminada pela Lua. Ficou pensativo, lembrando-se dos acontecimentos surpreendentes daquele dia, e perguntou-se o que aconteceria com os prisioneiros na Grande Cúpula.

De repente, um peixinho dourado apareceu acima da superfície do lago, a menos de trinta centímetros dos olhos de Ervic. Em seguida, um peixe prata levantou a cabeça ao lado do peixe dourado e, logo depois, um peixe bronze ergueu a cabeça ao lado dos outros. Os três peixes, todos enfileirados, encararam, com seus olhos redondos e brilhantes, os olhos atônitos de Ervic, o Skeezer.

– Somos as três Especialistas que a rainha Co-ee-oh perversamente traiu e transformou – disse o peixe dourado, com sua voz baixa e suave, mas ouvida com clareza na quietude da noite.

– Sei do ato traiçoeiro da nossa rainha – respondeu Ervic – e sinto muito por esse infortúnio. Vocês vivem aqui no lago desde então?

– Sim – foi a resposta.

– Eu... eu espero que vocês estejam bem e confortáveis – gaguejou Ervic, sem saber o que mais dizer.

– Tínhamos certeza de que algum dia Co-ee-oh teria o destino que ela tanto merecia – declarou o peixe bronze. – Até o momento, a gente apenas esperava e observava. Se prometer nos amparar, ser fiel e verdadeiro, você pode nos ajudar a recuperar nossas formas naturais e salvar você e todo o seu povo dos perigos que agora os ameaçam.

– Bem – disse Ervic –, fiquem certas de que farei o melhor que puder. Mas saibam que não sou nem bruxo nem mago.

– Tudo o que pedimos é que obedeça às nossas instruções – respondeu o peixe prata. Sabemos que você é honesto e que serviu Co-ee-oh apenas porque foi obrigado a isso para escapar da ira dela. Faça como nós mandarmos e tudo ficará bem.

– Eu prometo! – falou o jovem. – Diga-me o que devo fazer primeiro.

– No fundo do barco, você vai encontrar a corda prateada que caiu da mão de Co-ee-oh quando ela foi transformada – disse o peixe dourado. – Amarre uma ponta dessa corda na proa do barco e solte a outra ponta para nós, na água. Juntos, vamos puxá-lo até a costa.

Ervic duvidava muito que aqueles peixinhos pudessem mover um barco, mas ele fez o que lhe foi ordenado. Os três peixes morderam a ponta da corda prateada e foram em direção à costa mais próxima, o mesmo lugar onde os Flatheads estavam quando derrotaram a rainha Co-ee-oh.

No início, o barco não se moveu, mesmo com os peixes puxando com toda a sua força. Mas logo a tensão começou a diminuir. Muito lentamente, o barco rastejou em direção à costa, ganhando mais e mais velocidade. A alguns metros da praia, os peixes soltaram a corda e nadaram para o lado, enquanto o barco de ferro, agora em movimento, continuou a andar até que sua proa raspou na areia.

Ervic inclinou-se para o lado e perguntou aos peixes:

– E agora?

– Você encontrará na areia – disse o peixe prateado – um caldeirão de cobre, que Di-Su esqueceu de levar quando foi embora. Limpe-o bem com a água do lago, pois ele contém veneno. Encha o caldeirão com água fresca e o segure ao lado do barco para que nós três possamos entrar nele. Depois, vamos dizer qual será o próximo passo.

– Querem que eu pegue vocês, então? – perguntou Ervic, surpreso.

– Sim – foi a resposta.

Ervic saltou do barco e pegou o caldeirão de cobre. Deu alguns passos para dentro do lago e o lavou bem, retirando cada gota do veneno ao esfregá-lo com areia.

Depois, ele voltou ao barco.

Os companheiros de Ervic ainda dormiam profundamente e não sabiam nada dos três peixes ou dos acontecimentos estranhos que se passavam ali. Ervic mergulhou o caldeirão no lago, segurando firme a alça até que ficasse debaixo da água. Os peixes ouro, prata e bronze prontamente nadaram para dentro do caldeirão. O jovem Skeezer então o ergueu, tirou um pouco da água para não transbordar e perguntou aos peixes:

– E agora?

– Leve o caldeirão para a costa. Dê cem passos para o leste, ao longo da margem do lago, e você verá um caminho que conduz através dos prados, subindo a colina e descendo o vale. Siga o caminho até avistar uma casa pintada de roxo com detalhes em branco. Quando parar em frente ao portão dessa casa, nós lhe diremos o que fazer a seguir. Tenha cuidado para não tropeçar e derramar a água do caldeirão. Se isso acontecer, você nos destruirá e tudo o que fez será em vão.

Após o peixe dourado dar esses comandos, Ervic prometeu ser cuidadoso e começou a caminhada. Ele deixou seus companheiros dormindo no barco, saiu pisando de fininho ao lado deles e seguiu até chegar à costa, exatamente cem passos para o leste. Em seguida, Ervic procurou pela trilha, e o luar era tão forte que foi fácil descobrir, mesmo ela sendo encoberta da vista por um capim alto. Ele passou por um caminho muito estreito, que não parecia ser muito usado, mas era bastante visível. Assim, Ervic não teve dificuldade em segui-lo. O rapaz andou por um grande campo, coberto por capim alto e ervas daninhas, subiu uma colina e desceu até um vale. Depois subiu outra colina e desceu novamente.

Para Ervic, parecia que ele já tinha caminhado quilômetros e quilômetros. De fato, a Lua já sumia e o dia começava quando ele finalmente encontrou, à beira da estrada, uma casinha bonita, pintada de roxo com detalhes em branco. Era um lugar solitário, pois não havia outras construções por ali, e o solo não estava nem mesmo arado. Nenhum fazendeiro viveu lá, isso era certo. Quem ia querer morar em um lugar tão isolado?

Mas Ervic não se importou muito com essas questões. Ele subiu até o portão que levava à casa, colocou o caldeirão de cobre com cuidado no chão e, curvando-se sobre ele, perguntou:

– E agora?

SOB A GRANDE CÚPULA

Quando Glinda, a Boa, e seus seguidores da Expedição de Resgate avistaram a Montanha Encantada dos Flatheads, ela estava à esquerda, longe deles, pois a rota que tomaram através da Grande Floresta ficava distante da seguida por Ozma e Dorothy.

Eles pararam um pouco para decidir se deveriam invocar o Ditador Supremo primeiro ou ir direto ao Lago dos Skeezers.

– Se formos para a montanha – disse o Mágico –, podemos ter problemas com o maldoso Di-Su e atrasar o resgate de Ozma e Dorothy. Acho que o melhor plano é ir até o País Skeezer, erguer a ilha submersa e salvar nossas amigas e os Skeezers presos. Depois disso, podemos ir à montanha e punir aquele cruel mago dos Flatheads.

– Isso é sensato – aprovou o Homem-Farrapo. – Concordo totalmente com você.

Os outros também pareciam concordar que o plano do Mágico era o melhor a seguir, e a própria Glinda o elogiou. Sendo assim, eles marcharam em direção à fileira de palmeiras que escondia o lago dos Skeezers.

Logo chegaram lá. As palmeiras eram muito unidas, e os galhos, que vinham até o chão, eram tão firmemente entrelaçados que mesmo a Gata de Vidro teria dificuldade para achar uma passagem. O caminho que os Flatheads usavam ficava um pouco distante.

– Este é um trabalho para o Homem de Lata – disse o Espantalho.

O Homem de Lata, que ficava feliz em ser útil, começou a trabalhar com seu machado afiado e reluzente, que ele sempre carregava consigo. Surpreendentemente, em pouco tempo, ele cortou galhos suficientes para que todos passassem com facilidade por entre as árvores.

Agora, as águas cristalinas do belo lago estavam diante deles, e, ao olhar de perto, puderam ver os contornos da Grande Cúpula da ilha submersa, longe da costa e bem no meio do lago.

É claro que todos os olhos fixaram-se primeiro na cúpula, onde Ozma, Dorothy e os Skeezers ainda eram prisioneiros. Mas logo a atenção deles foi atraída por uma visão ofuscante, pois lá estava a fêmea de Cisne Diamante, nadando bem perto, com seu longo pescoço arqueado e altivo, os olhos de ametista brilhando e todas as esplêndidas penas salpicadas de diamantes reluzindo sob os raios de sol.

– Essa – disse Glinda – é a transformação da rainha Co-ee-oh, a bruxa arrogante e má que traiu as três Especialistas em Magia e tratou seu povo como escravo.

– Ela está maravilhosamente bela agora – observou o Homem-Sapo.

– Não me parece um grande castigo – disse Trot. – O Flathead Di-Su devia ter feito dela um sapo.

– Tenho certeza de que Co-ee-oh foi punida – disse Glinda –, pois ela perdeu todo seu poder mágico e seu grande palácio e não pode mais controlar os pobres Skeezers.

– Vamos chamá-la e ouvir o que ela tem a dizer – propôs o Mágico.

Glinda acenou para a fêmea de Cisne Diamante, que nadou cheia de graça para perto deles. Antes que alguém pudesse falar, Co-ee-oh disse orgulhosamente com uma voz estridente, já que a voz de um cisne é sempre estridente e desagradável:

– Admirem-me, Estranhos! Admirem a adorável Co-ee-oh, a mais bonita criatura em toda a Oz. Admirem-me!

– Ser bonita é fazer coisas bonitas – respondeu o Espantalho. – Seus feitos são belos, Co-ee-oh?

– Feitos? Quais são os feitos de um cisne a não ser nadar e encantar todos os seus admiradores? – disse a ave cintilante.

– Você se esqueceu da sua vida anterior? Você se esqueceu da sua magia e bruxaria? – perguntou o Mágico.

– Magia, bruxaria? Ah, quem liga para essas coisas bobas? – retrucou Co-ee-oh. – Quanto à minha vida passada, parece um sonho desagradável, não voltaria a ela nem se pudesse. Vocês não admiram minha beleza, Estranhos?

– Diga-nos, Co-ee-oh – falou Glinda em um tom sério –, se você consegue lembrar-se o suficiente da sua feitiçaria para nos ajudar a trazer a ilha à superfície do lago. Diga-nos isso, e eu lhe darei um colar de pérolas para aumentar a sua beleza.

– Nada pode aumentar a minha beleza, pois eu já sou a criatura mais linda do mundo inteiro.

– Mas como conseguimos erguer a ilha?

– Não sei e não quero saber. Se alguma vez eu soube, esqueci. E estou feliz com isso – foi a resposta. – Apenas me observem a dar voltas no lago e a brilhar!

– Não adianta – disse Botão-Brilhante –, a fêmea de cisne está muito apaixonada por si mesma para pensar em qualquer outra coisa.

– É verdade – concordou Betsy com um suspiro –, mas temos que tirar Ozma e Dorothy daquele lago, de um jeito ou de outro.

– E devemos fazer isso do nosso jeito – acrescentou o Espantalho.

– Mas como? – perguntou Tio Henry, com uma voz triste, pois ele não conseguia suportar o fato de sua querida sobrinha Dorothy estar debaixo da água – Como devemos fazer isso?

– Deixe com Glinda – aconselhou o Mágico, ao perceber que ele mesmo não conseguiria fazer isso.

– Se fosse apenas uma ilha submersa comum – disse a poderosa Feiticeira –, eu poderia trazê-la à tona de várias maneiras. Mas esta é uma Ilha Mágica, que, por algum curioso feitiço conhecido apenas pela rainha Co-ee-oh, depende de certos comandos mágicos e não responderá a nenhum outro. O fato não me desespera, mas exigirá de mim um estudo profundo para resolver esse problema tão difícil. Se a fêmea de Cisne Diamante se lembrasse da bruxaria que inventou quando ainda era uma garota, eu poderia forçá-la a me dizer o segredo, mas todo o conhecimento que ela tinha se perdeu.

– Parece-me – disse o Mágico após um breve silêncio se seguir ao discurso de Glinda – que há três peixes neste lago que costumavam ser Especialistas em Magia e de quem Co-ee-oh roubou muito conhecimento. Se pudéssemos encontrá-los e voltá-los às suas formas originais, eles poderiam nos dizer o que fazer para trazer a ilha afundada à superfície.

– Já pensei nesses peixes – respondeu Glinda –, mas entre tantos peixes iguais neste lago, como vamos reconhecê-los?

É claro que se Glinda estivesse em seu castelo, onde se localizava o Grande Livro dos Registros, ela saberia que Ervic, o Skeezer, já havia levado os peixes ouro, prata e bronze. Mas o acontecimento fora registrado no Livro após a partida de Glinda, então ela não sabia nada sobre isso.

– Acho que estou vendo um barco lá na costa – disse Ojo, o menino Munchkin, apontando para um lugar próximo à margem do lago. – Se a gente pudesse alcançar aquele barco e remar por todo o lago, chamando pelos peixes mágicos, talvez nós os encontrássemos.

– Vamos até o barco – disse o Mágico.

Eles contornaram o lago até onde se encontrava o barco atracado, mas ele estava vazio. Era uma casca de aço enegrecida com um teto dobrável que, ao se encaixar no lugar certo, fazia dela um submarino. Mas naquele momento o teto se repartia, com suas fendas repousando de cada lado do artefato mágico. Não havia nem remos, nem velas, nem máquinas para fazer o barco andar. E Glinda, mesmo percebendo imediatamente que ele devia funcionar por meio de alguma bruxaria, não sabia de que tipo era.

– No entanto – disse ela –, este barco é apenas um barco, e acredito que posso fazê-lo obedecer a um comando de feitiçaria assim como ele obedeceu a um comando de bruxaria. Depois de pensar um pouco em como farei isso, o barco nos levará aonde quisermos ir.

– Nem todos nós – falou o Mágico –, pois o barco não comportará tantas pessoas. Mas, nossa mais nobre Feiticeira, caso você consiga fazer o barco funcionar, qual utilidade ele terá para nós?

– Nós não podemos capturar os três peixes com ele? – perguntou Botão-Brilhante.

– Não será preciso usar o barco para isso – respondeu Glinda. – Onde quer que os peixes encantados estejam no lago, eles responderão ao meu chamado. O que estou tentando descobrir é como o barco chegou até aqui, já que a ilha a que pertence está sob a água ali. Co-ee-oh veio no barco para encontrar os Flatheads antes do afundamento da ilha ou depois?

Ninguém do grupo poderia responder a essa pergunta, é claro, mas, enquanto ponderavam sobre o assunto, três jovens surgiram por entre as árvores, e, de um jeito tímido, curvaram-se diante daquelas pessoas estranhas a eles.

– Quem são vocês e de onde vieram? – perguntou o Mágico.

– Somos Skeezers – respondeu um deles –, e nossa casa é na Ilha Mágica. Fugimos quando vimos vocês chegando e nos escondemos atrás das árvores. Só que vocês parecem ser amigáveis, então decidimos vir conhecê-los. Estamos em apuros e precisamos de ajuda.

– Se vocês são da Ilha, o que fazem aqui? – questionou Glinda.

Eles então contaram a ela a história: como a rainha desafiou os Flatheads e afundou toda a ilha para que seus inimigos não pudessem chegar até ela ou destruí-la; como, no momento em que os Flatheads chegaram à costa, Co-ee-oh ordenou-lhes, junto do seu amigo Ervic, que fossem com ela no submarino para conquistar Di-Su; como o barco disparou de dentro do porão da ilha submersa obedecendo a uma palavra mágica e chegou à superfície, onde se abriu e flutuou sobre a água.

Eles continuaram o relato, contando como Di-Su transformou Co-ee-oh em cisne e como ela se esqueceu de toda a bruxaria que conhecia. Os jovens também falaram como, durante a noite, quando estavam dormindo, seu companheiro Ervic desapareceu misteriosamente, enquanto o barco, de alguma maneira desconhecida por eles, flutuou para a costa e atracou na praia.

Isso era tudo o que sabiam. Eles procuraram em vão por Ervic durante três dias. Como a ilha estava submersa e eles não puderam voltar para lá, os três Skeezers não tinham para onde ir, então esperaram pacientemente ao lado do barco até que algo acontecesse.

Ao serem questionados por Glinda e o Mágico, falaram tudo o que sabiam sobre Ozma e Dorothy e declararam que as duas meninas ainda estavam na vila, sob a Grande Cúpula. Elas deviam estar em segurança e sendo muito bem cuidadas por Lady Aurex, agora que a rainha que se opôs a elas estava fora do caminho.

Depois de reunirem o máximo de informações que puderam dos Skeezers, o Mágico disse a Glinda:

– Caso descubra como fazer este barco obedecer aos seus comandos, você poderia mandá-lo voltar à ilha, submergir e entrar pelo porão de onde veio. Mas não consigo enxergar como o simples fato de irmos até lá libertaria nossas amigas. Nós só iríamos nos juntar a elas como prisioneiros.

– Não é bem assim, amigo Mágico – respondeu Glinda. – Se o barco obedecesse aos meus comandos para entrar no porão, ele faria a mesma coisa para sair. Então, eu poderia trazer Ozma e Dorothy de volta comigo.

– E deixar todo o nosso povo preso? – perguntou um dos Skeezers, em tom de reprovação.

– Se fizer várias viagens, Glinda pode trazer todos para a costa – respondeu o Mágico.

– Mas o que eles fariam depois? – perguntou outro Skeezer. – Não teriam casas, nenhum lugar para ir e estariam à mercê dos inimigos, os Flatheads.

– Isso é verdade – disse Glinda, a Boa. – E como essas pessoas são súditas de Ozma, imagino que ela se recusaria a escapar com Dorothy e deixar os outros para trás ou abandonar a ilha que é o lar legítimo dos Skeezers. Acredito que o melhor plano será convocar os três peixes e aprender com eles como trazer a ilha de volta à superfície.

O pequeno Mágico parecia pensar que este era um caso perdido.

– Como você vai convocá-los? – ele perguntou à adorável Feiticeira. – E como eles podem ouvi-la?

– Isso é algo que devemos pensar com cuidado – respondeu Glinda, majestosamente, com um sorriso sereno. – Acho que sei de um jeito.

Todos os conselheiros de Ozma ficaram satisfeitos por ela dizer isso, pois conheciam bem os poderes da Feiticeira.

– Muito bem – concordou o Mágico. – Convoque-os, nobre Glinda.

A SAGACIDADE DE ERVIC

Voltemos agora à história de Ervic, o Skeezer, que, após colocar o caldeirão de cobre com os três peixes no portão da casa solitária, perguntou a eles:

– E agora?

O peixe dourado colocou a cabeça para fora da água e disse com sua voz baixa, mas clara:

– Você deve levantar o trinco, abrir a porta e entrar corajosamente. Não tenha medo de nada que possa ver, pois, mesmo que sinta estar em perigo, nada lhe fará mal. Esta é a casa de uma poderosa Yookoohoo, chamada Reera, a Vermelha, que assume todos os tipos de formas, às vezes fazendo isso várias vezes ao dia, de acordo com sua vontade. Qual seria sua aparência real, não sabemos. Essa estranha criatura não pode ser subornada com tesouros, persuadida por amizade ou sensibilizada pela piedade. Ela nunca ajudou ninguém, assim como nunca fez mal a ninguém, pelo que sabemos. Todos os seus maravilhosos poderes são usados para seu divertimento egoísta. Ela vai mandar você sair da casa, mas você deve se recusar a ir. Permaneça, observe Reera de perto e tente ver o que ela usa para se transformar. Se você conseguir descobrir o segredo, sussurre para nós, e então lhe diremos o que fazer em seguida.

– Parece fácil – respondeu Ervic, que ouvia com atenção. – Mas vocês têm certeza de que ela não vai me machucar ou tentar me transformar?

– Ela pode mudar sua forma – respondeu o peixe dourado –, mas não se preocupe se isso acontecer, pois conseguimos quebrar esse encantamento facilmente. Tenha certeza de que nada prejudicará você, então não tenha medo de qualquer coisa que veja ou ouça.

Ervic era tão corajoso quanto qualquer jovem, e ele sabia que aqueles peixes que conversavam com ele eram verdadeiros e confiáveis. Mesmo assim, ele sentiu um aperto estranho no coração quando pegou o caldeirão e aproximou-se da porta da cabana. A mão dele tremia ao levantar o trinco, mas ele estava firme na decisão de obedecer às instruções. Ervic empurrou a porta, deu três passos largos no meio do único cômodo da casa, então parou e olhou em volta dele.

O que ele viu era suficiente para assustar qualquer um que não tivesse sido devidamente avisado. No chão, perto de Ervic, havia um grande crocodilo. Seus olhos vermelhos brilhavam perversamente e sua boca aberta exibia fileiras de dentes afiados. Sapos com chifres pularam. Cada um dos quatro cantos do teto estava adornado com uma espessa teia, e, no centro dele, pairava uma aranha do tamanho de uma pia, armada com garras parecidas com pinças. Também havia um lagarto vermelho e verde, todo esticado, do tamanho do parapeito da janela, e ratos pretos disparavam para dentro e para fora de buracos no chão da casa.

Mas a coisa mais surpreendente foi uma enorme macaca cinza que estava sentada sobre um banco, fazendo tricô. Ela usava um chapéu de renda, como as velhas senhoras usam, um pequeno avental de renda e nada mais. Seus olhos eram brilhantes, parecia que brasas queimavam neles. A macaca movia-se tão naturalmente quanto uma pessoa comum, e, ao perceber a chegada de Ervic, parou de tricotar e levantou a cabeça para encará-lo.

– Saia! – gritou uma voz aguda, parecendo sair da boca da macaca.

Ervic viu outro banco logo atrás dele, vazio, então ele passou pelo crocodilo, sentou-se no banco e cuidadosamente colocou o caldeirão ao lado dele.

– Saia! – gritou novamente a voz.

Ervic balançou a cabeça.

– Não – ele disse –, vou ficar.

As aranhas deixaram os quatro cantos onde estavam, pularam no chão e correram em direção ao Skeezer, circulando em volta das pernas do jovem com suas pinças estendidas. Ervic não prestou atenção nelas. Um rato preto enorme andou pelo corpo dele, passou por seus ombros e proferiu gritos penetrantes em seus ouvidos, mas Ervic não estremeceu. O lagarto verde e vermelho, saindo do parapeito da janela, aproximou-se do rapaz e começou a cuspir um fluido flamejante nele, mas Ervic apenas olhou para a criatura, cuja chama não o tocou.

O crocodilo ergueu sua cauda e, girando, derrubou Ervic do banco com um golpe poderoso. Mas o Skeezer conseguiu salvar o caldeirão do pior. Ele se levantou, sacudiu os sapos com chifres que rastejavam sobre ele e voltou a sentar-se no banco.

Todas as criaturas, após este primeiro ataque, permaneceram imóveis, como se estivessem aguardando ordens. A velha macaca cinza tricotava, agora sem olhar para Ervic, e o jovem Skeezer, inabalável, permanecia sentado. Ele esperava que algo mais acontecesse, mas nada ocorreu. Uma hora inteira se passou, e Ervic estava ficando nervoso.

– O que você quer? – perguntou a macaca, finalmente.

– Nada – disse Ervic.

– Mas isso você pode ter! – retrucou a macaca, e, em seguida, todas as estranhas criaturas irromperam em um coro de gargalhadas.

Outra longa espera se passou.

– Você sabe quem sou eu? – perguntou a macaca.

– Você deve ser Reera, a Vermelha, a Yookoohoo – Ervic respondeu.

– Sabendo tanto assim, você então também deve estar ciente de que não gosto de estranhos. Sua presença em minha casa me irrita. Você não tem medo da minha raiva?

– Não – disse o jovem.

– Você tem intenção de me obedecer e deixar esta casa?

– Não – respondeu Ervic, tão baixinho quanto a Yookoohoo falou.

A macaca tricotou por muito tempo antes de retomar a conversa.

– A curiosidade – disse – levou muitos homens à ruína. Suponho que, de alguma forma, você descobriu que faço truques de mágica e veio até aqui por curiosidade. Talvez ouviu que não machuco ninguém, então foi ousado o suficiente para desobedecer às minhas ordens para sair daqui. Você acha que pode assistir a alguns dos meus ritos de feitiçaria e que eles podem divertir você. Acertei?

– Bem – respondeu Ervic, que pensava sobre as estranhas circunstâncias da sua vinda a este lugar –, você está certa em algumas coisas, em outras não. Disseram-me que você faz mágica apenas para seu próprio divertimento. Isso me parece muito egoísta. Poucas pessoas entendem de magia. Disseram-me também que você é a verdadeira Yookoohoo em toda a Oz. Por que você não diverte outras pessoas, assim como a si mesma?

– Que direito você tem de questionar o que eu faço?

– Nenhum.

– E você ainda diz que não está aqui para me pedir nenhum favor?

– Para mim não, não quero nada de você.

– Você é esperto. Eu nunca faço favores.

– Isso não me preocupa – disse Ervic.

– Mas você está curioso? Espera ver algumas das minhas transformações mágicas?

– Se você deseja fazer alguma mágica, vá em frente – disse Ervic. – Pode me interessar, como não pode. Se você preferir continuar com seu tricô, dá no mesmo para mim. Não estou com pressa nenhuma.

Isso pode ter confundido Reera, a Vermelha, mas o rosto sob o chapéu de renda e coberto de cabelo não deixava nenhuma expressão à mostra. Talvez em toda a vida, a Yookoohoo nunca tivesse sido visitada por alguém que, assim como aquele jovem, não lhe pediu nada, não esperava nada dela e não tivesse razão para vir, exceto pela curiosidade. Essa atitude praticamente desarmou a bruxa, e ela começou a olhar para o Skeezer de maneira mais amigável. Ela tricotou por algum tempo, aparentemente em um pensamento profundo, então levantou-se e caminhou até um grande armário que ficava contra a parede da sala. Quando a porta do armário foi aberta, Ervic pôde ver muitas gavetas dentro, e em uma delas, a segunda da parte de baixo, Reera empurrou uma mão peluda.

Até então, Ervic conseguia ver, por cima do chapéu de renda, a forma curva da macaca, mas de repente a criatura, que estava de costas para ele, endireitou-se e tapou o armário com as gavetas. A macaca agora tinha a aparência de uma mulher, vestida com um lindo traje típico de Gillikin, e, quando ela se virou, Ervic viu que se tratava de uma jovem cujo rosto era bastante atraente.

– Você gosta mais de mim desse jeito? – Reera perguntou, com um sorriso.

– Você parece melhor sim – disse ele calmamente –, mas não sei se gosto mais de você.

Ela sorriu, dizendo:

– Durante o calor do dia, gosto de ser macaca, pois macacos não usam roupas. Mas se alguém recebe visitas, é apropriado vestir-se bem.

Ervic notou que a mão direita dela estava fechada, como se segurasse algo. Ela empurrou a porta do armário, curvou-se sobre o crocodilo, e, em um instante, a criatura transformou-se em um lobo vermelho. Não era bonito nem mesmo agora, e o lobo agachou-se ao lado da sua dona como um cachorro faria. Seus dentes pareciam tão perigosos quanto os do crocodilo.

Em seguida, a Yookoohoo tocou todos os lagartos e sapos, e, ao toque dela, eles tornaram-se gatinhos. Os ratos, ela transformou em esquilos. As únicas criaturas assustadoras que restavam eram as quatro grandes aranhas, que se esconderam atrás das suas grossas teias.

– Muito bem! – disse Reera em voz alta. – Agora minha casa tem uma aparência mais agradável. Eu amo os sapos, os lagartos e os ratos, porque a maioria das pessoas os odeia, mas eu me cansaria deles se permanecessem sempre os mesmos. Às vezes, mudo suas formas uma dúzia de vezes por dia.

– Você é sábia – disse Ervic. – Não ouvi você proferir encantamentos ou palavras mágicas. Tudo o que você fez foi tocar as criaturas.

– Ah, você acha? – ela respondeu. – Bem, toque você mesmo, se quiser, e veja se pode mudar as formas delas.

– Não – disse o Skeezer. – Não entendo de magia e, se entendesse, não tentaria imitar sua habilidade. Você é uma maravilhosa Yookoohoo, enquanto sou apenas um Skeezer qualquer.

Essa confissão pareceu agradar Reera, que gostava de ter sua bruxaria apreciada.

– E agora, você vai embora? – ela perguntou. – Prefiro ficar sozinha.

– E eu prefiro continuar aqui – disse Ervic.

– Na casa de uma pessoa onde você não é bem-vindo?

– Sim.

– Ainda não matou sua curiosidade? – questionou Reera, com um sorriso.

– Não sei. Há algo mais que você possa fazer?

– Muitas coisas. Mas por que eu exibiria meus poderes a um estranho?

– Não consigo pensar em nenhuma razão – ele respondeu.

Ela olhou para ele curiosa.

– Você diz não querer poder para si e é muito estúpido para conseguir roubar meus segredos. Esta não é uma casa bonita, enquanto lá fora há raios de sol, grandes pradarias e belas flores silvestres. Ainda assim, você insiste em sentar-se nesse banco e me irritar com sua indesejável presença. O que você tem nesse caldeirão?

– Três peixes – ele falou prontamente.

– Onde você os conseguiu?

– Eu os peguei no Lago dos Skeezers.

– O que você fará com eles?

– Vou levá-los até a casa de um amigo que tem três filhos. As crianças adorarão ganhar os peixinhos.

Ela se aproximou do banco e olhou para o caldeirão, onde os três peixes nadavam calmamente.

– Eles são bonitos – disse Reera. – Deixe-me transformá-los em outra coisa.

– Não – discordou Ervic.

– Eu amo mudar coisas. É tão interessante. E nunca transformei nenhum peixe em toda a minha vida.

– Deixe-os em paz – falou Ervic.

– Que formas você prefere que eles tenham? Poderia fazer tartarugas ou lindos e pequeninos cavalos-marinhos; ou poderia transformá-los em leitões; ou em coelhos; ou em porquinhos-da-índia; ou, se você quiser, posso mudá-los para formas de galinhas, águias ou gaios-azuis.

– Deixe-os em paz! – repetiu o garoto.

– Você não é um visitante agradável – disse Reera, a Vermelha, sorrindo. – Há gente que me acusa de ser zangada, rabugenta e antissocial, e eles estão certos. Se você tivesse vindo aqui implorando por favores, e com um pouco de medo da minha magia Yookoohoo, eu o teria maltratado até que você fugisse, mas você é bem diferente disso. Também é antissocial, mal-humorado e desagradável, então eu gosto de você e tolero sua rabugice. É hora da minha refeição do meio-dia. Está com fome?

– Não – disse Ervic, mesmo querendo muito comer.

– Eu estou – foi o que falou Reera, batendo palmas. Imediatamente, uma mesa apareceu, coberta com uma toalha de linho e trazendo diversas iguarias, algumas fumegantes. Havia dois pratos colocados, um em cada ponta da mesa, e, assim que Reera sentou-se, todas as suas criaturas reuniram-se ao redor dela, como se estivessem acostumadas a serem alimentadas enquanto ela comia. O lobo se agachou à sua direita, enquanto os gatinhos e os esquilos juntaram-se à sua esquerda.

– Venha, estranho, sente-se e coma – ela o chamou alegremente –, e, enquanto comemos, vamos decidir para que formas devemos mudar seus peixes.

– Eles estão bem do jeito que estão – afirmou Ervic, puxando seu banco em direção à mesa. – Os peixes são lindos, um dourado, um prata e um bronze. Nada com vida é mais lindo do que um belo peixe.

– Como assim? Eu não sou mais adorável? – Reera perguntou, sorrindo e encarando a cara séria de Ervic.

– Não discordo, considerando que você é uma Yookoohoo, sabe –, disse ele, comendo com bom apetite.

– E você não acha uma linda garota mais adorável que um peixe, não importa quão lindo um peixe seja?

– Então – respondeu Ervic, após um período de reflexão –, pode ser. Se você transformar meus três peixes em três meninas, que seriam Especialistas em Magia, fique sabendo que elas podem me agradar tanto quanto os peixes. Você não vai fazer isso, é claro, porque você não pode, mesmo com todas as suas habilidades. E, ainda que pudesse, temo que meus problemas seriam maiores que eu poderia suportar. Elas não aceitariam ser minhas escravas, especialmente se fossem Especialistas em Magia, e ordenariam que eu as obedecesse. Não, Senhora Reera, não vamos transformar os peixes em nada.

O Skeezer fez sua argumentação com uma notável esperteza. Ele percebeu que, se parecesse ansioso por tal transformação, a Yookoohoo não a realizaria. Ao mesmo tempo, ele sugeriu habilmente que elas fossem transformadas em Especialistas em Magia.

REERA VERMELHA, A YOOKOOHOO

Depois que a refeição acabou e Reera alimentou seus animais de estimação, incluindo as quatro aranhas-monstro que desceram das suas teias para garantir seu alimento, ela fez a mesa desaparecer.

– Gostaria que você me permitisse transformar seus peixes – disse ela, enquanto retomava seu tricô.

O Skeezer não respondeu. Ele achava insensato apressar as coisas. Durante toda a tarde, eles ficaram sentados em silêncio. Reera então foi ao armário e, depois de enfiar a mão na mesma gaveta de antes, tocou o lobo e o transformou em um pássaro com lindas penas coloridas. Este pássaro era maior que um papagaio e tinha um jeito diferente, mas Ervic nunca viu criatura igual.

– Cante! – disse Reera ao pássaro, que havia se ajeitado em um grande poleiro, como se já tivesse estado na cabana e soubesse exatamente o que fazer.

E o pássaro cantou músicas alegres com dizeres a eles, assim como uma pessoa cuidadosamente treinada faria. As músicas eram divertidas, e Ervic gostou de ouvi-las. Mais ou menos uma hora depois, o pássaro parou de cantar, enfiou a cabeça sob as asas e foi dormir. Reera continuou a tricotar, mas parecia pensativa.

Ervic marcou bem uma das gavetas do armário e concluiu que Reera tirou algo de lá que a permitiu fazer aquelas transformações. Ele pensou que, se conseguisse ficar na casa e Reera dormisse, poderia astutamente abrir o armário, pegar um pouco do que quer que estivesse na gaveta e colocar a substância no caldeirão de cobre, fazendo com que os três peixes voltassem às suas formas naturais. Na verdade, ele já estava decidido a levar o plano adiante quando a Yookoohoo largou o tricô e caminhou em direção à porta.

– Vou sair por alguns minutos – disse ela –, você quer ir comigo ou ficará aqui?

Ervic não respondeu, mas permaneceu em silêncio em seu banco. Então Reera saiu e fechou a porta da cabana.

Assim que ela saiu, Ervic levantou-se e foi de fininho até o armário.

– Cuidado! Cuidado! – gritaram várias vozes, vindas dos gatinhos e esquilos. – Se você tocar em qualquer coisa, diremos à Yookoohoo!

Ervic hesitou por um momento, mas lembrou-se de que não precisava considerar a raiva de Reera se conseguisse transformar os peixes. Ele estava prestes a abrir o armário quando sua atenção foi chamada pelas vozes dos peixes, que colocaram a cabeça para fora da água e gritaram:

– Venha aqui, Ervic!

Ele voltou para perto do caldeirão e curvou-se sobre ele.

– Não mexa no armário – disse o peixe dourado em tom sério. – Não adiantaria você pegar aquele pó mágico, pois apenas a Yookoohoo sabe como usá-lo. A melhor maneira é permitir que ela nos transforme em três garotas, para então termos nossas formas de volta e podermos executar todas as Artes Mágicas que aprendemos e entendemos bem. Você está agindo com sabedoria e da maneira mais eficaz. Não sabíamos que você era tão inteligente ou que Reera poderia ser enganada tão facilmente por você. Continue como começou e tente convencê-la a nos transformar. Mas insista para que sejamos transformadas em garotas.

O peixe dourado abaixou a cabeça assim que Reera entrou novamente na cabana. A Yookoohoo viu Ervic inclinado sobre o caldeirão e se juntou a ele.

– Seus peixes falam? – ela perguntou.

– Às vezes – ele respondeu –, pois todos os peixes da Terra de Oz sabem falar. Agora mesmo, eles estavam me pedindo pão. Estão famintos.

– Eles podem comer um pouco de pão – disse Reera. – Mas é quase a hora do jantar, e se você me permitir transformar seus peixes em meninas, elas poderiam se juntar a nós e ter muita comida para se servirem, muito melhor do que migalhas. Por que não me deixa transformá-las?

– Bem – disse Ervic, como se hesitasse –, pergunte aos peixes. Se eles consentirem, pensarei sobre isso.

Reera se curvou sobre o caldeirão e perguntou:

– Vocês conseguem me ouvir, peixinhos?

Todos os três colocaram a cabeça para fora da água.

– Conseguimos sim – disse o peixe bronze.

– Quero dar a vocês outras formas, como coelhos, tartarugas, meninas ou algo assim. Seu mestre, o carrancudo Skeezer, não quer que eu faça isso. Mas ele concordou com o plano se vocês aceitarem.

– Gostaríamos de ser meninas – disse o peixe prata.

– Não, não! – gritou Ervic.

– Se você prometer fazer de nós três lindas garotas, nós consentiremos – disse o peixe dourado.

– Não, não! – gritou Ervic novamente.

– Também faça de nós Especialistas em Magia –, acrescentou o peixe bronze.

– Não sei exatamente o que isso significa – respondeu Reera, pensativa –, mas como nenhuma Especialista em Magia é tão poderosa quanto uma Yookoohoo, vou adicionar esse pedido à transformação.

– Não vamos tentar prejudicar você ou interferir de qualquer forma na sua magia –, prometeu o peixe dourado. – Pelo contrário, seremos suas amigas.

– Vocês concordam em ir embora e me deixar sozinha em minha casa, assim que eu ordenar que façam isso? – perguntou Reera.

– Prometemos que sim – disseram os peixes.

– Não faça isso! Não autorizem a transformação – pediu Ervic.

– Eles já consentiram – disse a Yookoohoo, rindo na cara dele –, e você me prometeu cumprir a decisão deles. Então, amigo Skeezer, eu os transformarei, quer você goste ou não.

Ervic sentou-se no banco de novo, com a cara fechada, mas cheio de alegria em seu coração. Reera foi até o armário, pegou algo da gaveta e voltou para o caldeirão de cobre. Ela segurava algo firmemente na mão direita e, com a esquerda, tirou os três peixes e os colocou cuidadosamente no chão, quando eles engasgaram de aflição por estarem fora da água.

Reera não os deixou naquela situação por muito tempo, pois ela tocou cada um com a mão direita, e os peixes se transformaram instantaneamente em três mulheres jovens, altas e esguias, com feições inteligentes e trajando belos vestidos justos no corpo. Aquela que havia sido um peixe dourado tinha lindos cabelos dourados, olhos azuis e a pele extremamente clara; já a que havia sido o peixe bronze tinha cabelos castanho-escuros, olhos cinza-claros e sua tez combinava com essas características adoráveis; por fim, a que havia sido um peixe prata tinha o cabelo branco como a neve, da melhor textura, e profundos olhos castanhos. O cabelo contrastava primorosamente com suas bochechas rosadas e seu lábio vermelho-rubi, e o fato de ser branco não fazia com que ela parecesse sequer um dia mais velha do que suas duas companheiras.

Assim que garantiram suas formas femininas, as três curvaram-se diante da Yookoohoo e disseram:

– Obrigada, Reera.

Em seguida, curvaram-se diante do Skeezer e disseram:

– Obrigada, Ervic.

– Muito bom! – disse a Yookoohoo, examinando seu trabalho com aprovação. – Vocês são muito melhores e mais interessantes do que os peixes, e este Skeezer indelicado dificilmente me autorizaria a fazer as transformações. Vocês não têm nada a agradecer a ele. Mas agora vamos jantar em homenagem à ocasião.

Ela bateu palmas, e, novamente, uma mesa cheia de comida apareceu. Desta vez, era uma mesa mais longa e havia lugares definidos para as três Especialistas, assim como para Reera e Ervic.

– Sentem-se, amigos, e comam até se fartar – disse a Yookoohoo, mas, em vez de sentar-se à mesa, ela foi em direção ao armário e disse às Especialistas: – A beleza e a graça de vocês, minhas amigas, ofuscam muito a minha. Para que eu possa me apresentar adequadamente na mesa de banquete, tomarei, em homenagem a esta ocasião, minha forma natural.

Mal ela terminou esse discurso e já se transformou em uma jovem tão adorável quanto as Três Especialistas. Ela não era tão alta quanto as meninas, mas sua forma era mais curvilínea e ela estava mais elegante, com um cinto maravilhoso de joias e um colar de pérolas. Seu cabelo era de um ruivo brilhante, e seus olhos eram grandes e escuros.

– Você afirma que esta é a sua aparência real? – perguntou Ervic.

– Sim – ela respondeu. – Esta é a minha única forma por direito. Mas raramente a assumo porque não há ninguém aqui para me admirar, e eu fico cansada de admirar a mim mesma.

– Vejo agora a razão de se chamar Reera, a Vermelha – observou Ervic.

– É por causa do meu cabelo ruivo – ela explicou sorrindo. – Não ligo para ele, uma das razões pelas quais costumo usar outras fisionomias.

– É lindo – afirmou o jovem, que, ao lembrar-se das outras mulheres presentes, acrescentou: mas, é claro, nem todas as mulheres deveriam ter cabelo ruivo, porque isso o tornaria muito comum. Cabelos dourados, prateados e castanhos são igualmente bonitos.

Os sorrisos que o Skeezer viu ser trocados entre as quatro o deixaram muito envergonhado, então ele ficou em silêncio e começou a comer sua ceia, deixando-as conversar. As Três Especialistas disseram à Reera quem realmente eram, como se tornaram peixes e como tinham planejado secretamente induzir a Yookoohoo a transformá-las. Elas admitiram que temiam, caso tivessem pedido sua ajuda, que Reera se recusasse.

– Vocês estavam certas – respondeu a Yookoohoo. – É uma regra minha nunca praticar magia para ajudar os outros, pois, se eu fizesse isso, haveria sempre multidões na minha casa pedindo ajuda, e eu odeio multidões e quero ficar sozinha.

– No entanto – Reera continuou –, agora que vocês voltaram à própria forma anterior, não lamento o que fiz e espero que sejam úteis para salvar o povo Skeezer, trazendo a ilha deles até a superfície do lago, lugar onde ela realmente deve estar. Mas devem me prometer que, ao irem embora, nunca mais voltarão aqui nem contarão a ninguém o que fiz por vocês.

As Três Especialistas e Ervic agradeceram de maneira bastante calorosa a Yookoohoo. Eles prometeram lembrar-se do desejo dela de que nunca voltassem lá e, com um adeus, partiram.

UM PROBLEMA ENIGMÁTICO

Glinda, a Boa, após decidir testar sua feitiçaria no submarino abandonado para que a máquina obedecesse aos seus comandos, pediu a todo o grupo ali presente, incluindo os Skeezers, para afastar-se da margem do lago e ficar próximo à fileira de palmeiras. Apenas o Mágico de Oz permaneceu com ela, pois era seu aluno e sabia como ajudá-la em seus ritos mágicos. Quando os dois estavam sozinhos ao lado do barco atracado, Glinda disse ao Mágico:

– Vou tentar primeiro a minha receita mágica n. 1163, criada para fazer objetos inanimados moverem-se ao meu comando. Você tem um esqueropitrópio aí?

– Sim, sempre carrego um na minha bolsa – respondeu o Mágico. Ele abriu a bolsa preta de ferramentas mágicas e tirou um esqueropitrópio brilhantemente polido, entregando-o à feiticeira. Glinda também trouxe um pequeno cesto de vime, que continha diversos itens de feitiçaria. De lá, ela retirou uma porção de um pó e um frasco com um líquido. Ela então derramou o líquido no esqueropitrópio e adicionou o pó. Imediatamente, o aparelho começou a crepitar e a emitir faíscas de cor violeta, que se irradiaram em todas as direções. A feiticeira foi para o centro do barco segurando o esqueropitrópio, para que as faíscas caíssem ao redor e cobrissem cada pedaço do barco de aço enegrecido. Ao mesmo tempo, Glinda sussurrava um estranho encantamento na linguagem da feitiçaria. O seu tom de voz era baixo e musical.

Depois de um tempo, as faíscas violetas cessaram, e as que caíram sobre o barco desapareceram, sem deixar nenhuma marca na superfície. O ritual foi encerrado, e Glinda devolveu o esqueropitrópio ao Mago, que o guardou de volta em sua bolsa preta.

– Acho que deve funcionar – disse ele com segurança.

– Vamos fazer um teste para ver – Glinda respondeu.

Os dois sentaram-se no barco.

Em tom de comando, a Feiticeira disse ao barco:

– Leve-nos até o outro lado do lago, para a outra margem.

Na mesma hora, o barco começou a afastar-se da areia, virou a proa e partiu rapidamente na água.

– Muito bom, muito bom mesmo! – gritou o Mágico, quando o barco diminuiu a velocidade ao chegar na costa do outro lado de onde partiram. – Até Co-ee-oh, com toda a sua bruxaria, não poderia fazer melhor.

A Feiticeira então ordenou:

– Feche-se, submerja e nos leve para a porta do porão da ilha afundada, de onde você saiu sob o comando da rainha Co-ee-oh.

O barco obedeceu. Ao afundar na água, as suas laterais se uniram sobre a cabeça de Glinda e do Mágico, que, dessa forma, agora estavam em uma câmara à prova da água. Havia quatro janelas de vidro na cobertura, uma de cada lado e uma em cada extremidade. Assim, os passageiros conseguiam ver exatamente aonde estavam indo. Movendo-se sob a água com mais lentidão do que na superfície, o submarino gradualmente aproximou-se da ilha e parou com a proa pressionada contra a enorme porta de mármore no porão da Cúpula. Essa porta estava bem fechada, e ficou claro para Glinda e o Mágico que ela não se abriria para o barco entrar, a menos que uma palavra mágica fosse dita por eles ou por alguém de dentro do porão. Mas qual era essa palavra mágica? Nenhum deles sabia.

– Receio – disse o Mágico com pesar – que não conseguiremos entrar, no final das contas. A não ser que sua feitiçaria seja capaz de descobrir a palavra para abrir a porta de mármore.

– Provavelmente, essa é uma palavra conhecida apenas por Co-ee-oh – respondeu a Feiticeira. – Posso descobrir o que é, mas isso vai levar um tempo. Voltemos aos nossos companheiros.

– É uma pena, depois de termos feito o barco nos obedecer, sermos impedidos de entrar apenas por uma porta de mármore – resmungou o Mágico.

Ao comando de Glinda, o barco subiu até ficar no mesmo nível do vidro que cobria a vila Skeezer, e a Feiticeira o fez circular lentamente ao redor da Grande Cúpula.

Muitos rostos estavam pressionados contra o vidro por dentro, ansiosamente assistindo ao que acontecia com o submarino. Em um desses lugares, estavam Dorothy e Ozma, que reconheceram de imediato Glinda e o Mágico pelas janelas de vidro do barco. Glinda também as viu e conduziu o barco para perto da cúpula enquanto trocavam saudações por mímicas. Infelizmente, as vozes não podiam ser ouvidas através da cúpula, da água ou da parede do barco. O Mágico tentou fazer as meninas entenderem, usando sinais, que ele e Glinda vieram para socorrê-las. Ozma e Dorothy entenderam isso só pelo fato de a Feiticeira e o Mágico terem aparecido ali. As duas prisioneiras estavam sorrindo e em segurança, e, sabendo disso, Glinda sentiu que poderia levar o tempo necessário para fazer o resgate.

Como nada mais poderia ser feito naquele momento, Glinda ordenou que o barco retornasse à costa, e ele obedeceu prontamente. Primeiro, foi até a superfície da água. O teto se dividiu e cada parte foi para um lado, e então a embarcação mágica rapidamente chegou à costa e atracou nas areias, no mesmo lugar de onde partira ao comando de Glinda.

Todos do grupo de Oz e os Skeezers correram juntos em direção ao barco para perguntar se Glinda e o Mágico chegaram à ilha e viram Ozma e Dorothy. O Mágico explicou para eles sobre o obstáculo que encontraram próximo à porta de mármore, e como Glinda, a partir de agora, estava comprometida em encontrar uma magia para abri-la.

Ao perceber que seriam necessários vários dias para conseguir voltar à ilha, erguê-la e libertar seus amigos e o povo de Skeezer, Glinda decidiu levantar um acampamento a meio caminho, entre a margem do lago e as palmeiras.

A magia do Mágico fez várias tendas aparecerem, e a feitiçaria da Feiticeira as mobiliou com camas, cadeiras, mesas, tapetes, lâmpadas e até livros para passar horas ociosas. Todas tinham a Bandeira Real de Oz tremulando no centro, e uma grande tenda, ainda não ocupada, trazia a bandeira própria de Ozma, que se movia na brisa.

Betsy e Trot tinham um espaço só para elas. Botão-Brilhante e Ojo tinham outro. O Espantalho e o Homem de Lata ficaram em par em uma das tendas, assim como Jack Cabeça de Abóbora e o Homem-Farrapo, Capitão Bill e Tio Henry, e Tic-Tac e o Professor Besourão. Glinda tinha a tenda mais esplêndida de todas, perdendo em esplendor apenas para aquela reservada a Ozma. O Mágico ficou sozinho em uma pequena barraca. Sempre que era hora das refeições, as mesas apareciam magicamente carregadas de comida nas tendas dos que tinham o hábito de comer. Toda essa organização fez os membros da Expedição de Resgate sentirem-se tão confortáveis como se estivessem em sua própria casa.

Tarde da noite, Glinda sentou-se em sua tenda para estudar um rolo de pergaminhos em busca de uma palavra que abrisse a porta do porão da ilha e a deixasse entrar na Grande Cúpula. Ela também fez muitos experimentos mágicos, na esperança de descobrir algo que a ajudasse. A manhã chegou, e a poderosa Feiticeira ainda não havia tido sucesso em suas tentativas.

A arte de Glinda poderia ter aberto qualquer porta comum, você pode ter certeza, mas neste caso a porta de mármore da ilha foi ordenada a não se abrir, exceto em obediência a uma palavra mágica exata. Assim, todas as outras não teriam efeito. A palavra mágica que guardava a porta provavelmente fora inventada por Co-ee-oh, que agora tinha se esquecido de qual era. Então, a única maneira de conseguir entrar na ilha submersa era quebrar o encanto que mantinha a porta fechada firmemente. Se isso fosse feito, não seria necessário realizar nenhuma magia para abri-la.

No dia seguinte, a Feiticeira e o Mágico entraram novamente no barco, fizeram com que ele submergisse e fosse até a porta de mármore, onde eles tentaram várias maneiras de abri-la, mas sem sucesso.

– Acho que precisaremos abandonar essa estratégia – disse Glinda. – A maneira mais fácil de elevar a ilha seria entrarmos na cúpula e descermos ao porão para ver como Co-ee-oh fazia toda a ilha afundar ou subir ao seu comando. Naturalmente, pensei que o jeito mais simples fosse entrar com o barco no porão, pela mesma porta em que Co-ee-oh o lançou. Mas deve haver outras formas de entrarmos na cúpula e nos juntarmos a Ozma e Dorothy, e essas formas serão encontradas pelo estudo e uso adequado dos nossos poderes mágicos.

– Não será fácil – declarou o Mágico –, pois não devemos nos esquecer de que a própria Ozma entende muito de magia e com certeza tentou levantar a ilha ou encontrar outros meios de escapar dela e falhou.

– É verdade – respondeu Glinda –, mas a magia de Ozma é a das fadas, enquanto você é um Mágico e eu sou uma Feiticeira. Assim, temos uma grande variedade de magia para trabalharmos. Se todos falharmos será porque a ilha é erguida e abaixada por um poder mágico desconhecido por nós três. Portanto, minha ideia é buscar outros meios, como pela magia que dominamos, de alcançar nosso objetivo.

Eles circularam a cúpula novamente. Mais uma vez, avistaram Ozma e Dorothy através das janelas e trocaram sinais com as duas garotas presas.

Ozma percebeu que seus amigos estavam fazendo tudo ao alcance deles para resgatá-la e sorriu, como uma forma de encorajamento pelos seus esforços. Dorothy parecia um pouco ansiosa, mas estava tentando ser tão corajosa quanto sua amiga.

Depois que o barco voltou ao acampamento, Glinda sentou-se novamente em sua tenda, onde tentou de várias maneiras elaborar um plano para resgatar Ozma e Dorothy. Enquanto isso, o Mágico ficou na costa, observando pensativo os contornos da Grande Cúpula que apareciam sob as águas claras. Foi quando ele ergueu os olhos e viu um grupo de pessoas estranhas aproximando-se do lago. Três delas eram mulheres jovens, de presença majestosa, lindamente vestidas, que se moviam com uma graça notável. Perto delas, havia um jovem Skeezer de boa aparência.

O Mágico percebeu de imediato que essas pessoas poderiam ser muito importantes e foi em direção a elas. As três donzelas o receberam graciosamente, e a de cabelo dourado disse:

– Acredito que você seja o famoso Mágico de Oz, de quem tenho frequentemente ouvido falar. Estamos procurando Glinda, a Feiticeira, e talvez você possa nos levar até ela.

– Claro, e farei isso com prazer – respondeu o Mágico. – Sigam-me, por favor.

O pequeno Mágico ficou intrigado quanto à identidade das três adoráveis visitantes, mas não fez nada que pudesse constrangê-las.

Ele percebeu que elas não queriam ser questionadas, por isso ficou calado enquanto levava o grupo à tenda de Glinda.

Com uma reverência cortês, o Mágico conduziu as três visitantes à presença graciosa de Glinda, a Boa.

AS TRÊS ESPECIALISTAS

A Feiticeira interrompeu seus trabalhos quando as três donzelas entraram, e algo na aparência e no jeito delas levou Glinda a levantar-se e a curvar-se diante delas em seu modo mais reverente.

As três ajoelharam-se por um instante diante da grande Feiticeira, e em seguida levantaram-se e endireitaram-se, aguardando que ela falasse.

– Quem quer que vocês sejam – disse Glinda –, dou-lhe as boas-vindas.

– Meu nome é Audah – disse uma delas.

– O meu é Aurah – disse outra.

– E o meu é Aujah – disse a terceira.

Glinda nunca tinha ouvido esses nomes antes, mas, depois de olhar atentamente para as três, perguntou:

– Vocês são bruxas ou praticantes de magia?

– Coletamos da Natureza algumas das artes secretas – respondeu a donzela de cabelos castanhos, modestamente –, mas não comparamos nossas habilidades com as da Grande Feiticeira, Glinda, a Boa.

– Acredito que vocês estejam cientes de que é ilegal praticar magia na Terra de Oz sem a permissão da nossa governante, princesa Ozma?

– Não, não sabíamos disso – foi a resposta. – Ouvimos falar de Ozma, que é a governante nomeada de todo este grande reino encantado, mas as leis dela não chegaram até nós, ainda.

Glinda analisou aquelas donzelas desconhecidas atentamente, então disse a elas:

– A princesa Ozma está presa na vila Skeezer, pois toda a ilha com sua Grande Cúpula foi para o fundo do lago devido à bruxaria de Co-ee-oh, que depois foi transformada pelo Flathead Di-Su em uma fêmea de cisne tola. Estou procurando uma maneira de desfazer a magia dela e trazer a ilha à superfície. Vocês podem me ajudar a fazer isso?

As donzelas entreolharam-se, e a de cabelos brancos respondeu:

– Não sabemos se vamos conseguir, mas tentaremos ajudar você.

– Parece – continuou Glinda, pensativa – que Co-ee-oh tomou a maior parte da sua feitiçaria das três Especialistas em Magia, que uma vez governaram os Flatheads. Enquanto as Especialistas eram distraídas por Co-ee-oh em um banquete em seu palácio, ela as traiu cruelmente. Depois, ainda transformou as três em peixes e as jogou no lago. Se eu pudesse encontrar esses três peixes e devolvê-los ao seu estado natural, como as três Especialistas, talvez elas conheçam a magia que Co-ee-oh usou para afundar a ilha. Eu estava prestes a ir para a costa invocá-los quando vocês chegaram. Então, se vocês se juntarem a mim, tentaremos encontrá-los.

As donzelas trocaram sorrisos, e a de cabelos dourados, Audah, disse a Glinda:

– Não será necessário ir ao lago. Nós somos os três peixes.

– É mesmo? – disse Glinda. – Vocês são as três Especialistas em Magia, com suas formas recuperadas?

– Somos as três Especialistas – confirmou Aujah.

– Então – disse Glinda –, minha tarefa está a meio caminho de ser cumprida. Mas quem destruiu a magia que transformou vocês em peixes?

– Prometemos não contar – respondeu Aurah –, mas este jovem Skeezer foi o grande responsável por nossa libertação. Ele é corajoso e inteligente, e devemos a ele nossa gratidão.

Glinda olhou para Ervic, que estava atrás das Especialistas, modesto e de chapéu na mão.

– Ele será devidamente recompensado – declarou ela. – Ao ajudar vocês, ele nos ajudou e pode até ter salvo seu povo de ficar preso para sempre na ilha submersa.

A Feiticeira pediu aos convidados para sentarem-se, e uma longa conversa seguiu-se, da qual o Mágico de Oz também participou.

– Estamos quase certas – disse Aurah – de que, se conseguíssemos entrar na cúpula, poderíamos descobrir os segredos de Co-ee-oh. Em tudo o que fazia, após ter nos transformado em peixes, ela usava fórmulas, encantamentos e artes que roubou de nós. Ela pode ter adicionado algumas coisas, mas o que pegou da gente foi a base de todo o trabalho dela.

– Como você sugere que entremos na cúpula? – perguntou Glinda.

As três Especialistas hesitaram em responder, pois ainda não tinham pensado no que fazer para entrar na Grande Cúpula. Enquanto elas refletiam sobre o assunto e Glinda e o Mágico aguardavam em silêncio suas sugestões, Trot e Betsy chegaram correndo na tenda, arrastando a Menina dos Retalhos.

– Glinda! – gritou Trot –, Aparas pensou em uma maneira de resgatar Ozma, Dorothy e todos os Skeezers.

As três Especialistas não puderam deixar de rir, pois não apenas se divertiram com o jeito diferente da Menina dos Retalhos, mas o discurso entusiasmado de Trot pareceu muito engraçado. Se a Grande Feiticeira, o famoso Mágico e as três talentosas Especialistas em Magia ainda não tinham conseguido resolver o importante problema da ilha submersa, havia pouca chance de uma garota remendada e recheada de algodão ter sucesso.

Mas Glinda, sorrindo com generosidade para as carinhas sérias que a olhavam, afagou a cabeça das crianças e disse:

– Aparas é muito inteligente. Diga-nos o que ela pensou, minha querida.

– Bem – começou Trot –, Aparas diz que, se você puder tirar toda a água do lago, a ilha ficaria em terra firme, e todos poderiam ir e vir quando quisessem.

Glinda sorriu de novo, mas o Mágico disse às meninas:

– Se secássemos o lago, o que seria de todos os belos peixes que agora vivem lá?

– Minha nossa! É verdade – admitiu Betsy, cabisbaixa –, nunca pensamos nisso, não é, Trot?

– Você não poderia transformá-los em girinos? – perguntou a Menina dos Retalhos, dando um salto mortal e, em seguida, ficando em uma perna só. – Você poderia colocá-los em um pequeno lago para nadar, e eles ficariam tão felizes quanto estão como peixes.

– Não mesmo! – respondeu o Mágico, severamente. – É cruel transformar quaisquer seres vivos sem o consentimento deles, e o lago é a casa dos peixes e pertence a eles.

– Tudo bem – disse Aparas, fazendo uma careta para ele. – Não me importo.

– É uma pena – suspirou Trot –, pois achei que a nossa ideia era esplêndida.

– Mas foi – declarou Glinda, com um semblante agora sério e pensativo. – Há algo na ideia da Menina dos Retalhos que pode ser de real valor para nós.

– Também acho – concordou a Especialista de cabelos dourados. – O topo da Grande Cúpula fica a apenas alguns metros abaixo da superfície da água. Se nós conseguirmos abaixar o nível do lago até que a Cúpula fique um pouco acima da água, poderíamos fazer uma abertura e descer até a vila usando cordas.

– E sobraria bastante água para os peixes nadarem – acrescentou a donzela de cabelos brancos.

– Se conseguirmos elevar a ilha, podemos encher o lago novamente – sugeriu a Especialista de cabelos castanhos.

– Eu acho – disse o Mágico, esfregando as mãos em sinal de empolgação – que a Menina dos Retalhos acabou de nos mostrar o caminho para termos êxito.

As meninas olhavam curiosas para as três belas Especialistas, imaginando quem elas eram. Então Glinda apresentou-as a Trot, Betsy e a Aparas e depois mandou as crianças saírem enquanto analisava como colocar a nova ideia em prática.

Não havia muito mais a ser feito àquela hora do dia, então o Mágico preparou outra tenda para as Especialistas. À noite, Glinda deu uma recepção e convidou todos os seus companheiros para conhecer as recém-chegadas. As Especialistas ficaram muito admiradas perante aquelas personagens extraordinárias apresentadas a elas e maravilhadas pelo fato de que Jack Cabeça de Abóbora, Espantalho, Homem de Lata e Tic-Tac pudessem ser seres vivos, que pensavam e falavam como outras pessoas. Elas ficaram especialmente contentes pela animada presença da Menina dos Retalhos e se divertiram com as travessuras dela.

Foi uma festa bastante agradável. Glinda serviu lanches saborosos para quem podia comer, o Espantalho recitou alguns poemas, e o Leão Covarde entoou uma canção com sua voz grave. A única coisa que atrapalhava a alegria deles foi o pensamento de que sua adorada Ozma e a querida Dorothy ainda estavam confinadas na Grande Cúpula da Ilha Afundada.

A ILHA AFUNDADA

Assim que tomaram café na manhã seguinte, Glinda, o Mágico e as três Especialistas desceram até a margem do lago e formaram uma linha, com o rosto voltado à ilha submersa. Todos os outros vieram assisti-los, mas permaneceram a uma distância respeitosa no fundo.

À direita da Feiticeira estavam Audah e Aurah, enquanto à esquerda estavam o Mágico e Aujah. Unidos, eles esticaram os braços em direção à beira da água e entoaram um encantamento rítmico.

Eles repetiram esse canto várias e várias vezes, balançando os braços suavemente de um lado para o outro. Em poucos minutos, os observadores atrás deles notaram que o lago começou a se afastar da costa, e, ao longe, o ponto mais alto da cúpula apareceu. Gradualmente, o nível da água abaixava, dando a impressão de que a cúpula subia. Quando ela estava pouco acima de um metro da superfície da água, Glinda deu o sinal para que parassem, pois a tarefa fora cumprida com sucesso.

O submarino enegrecido estava agora totalmente fora da água, mas Tio Henry e Capitão Bill conseguiram empurrá-lo para o lago. Glinda, o Mágico, Ervic e as Especialistas entraram no barco, levando consigo uma bobina de corda forte, e, ao comando da Feiticeira, a embarcação seguiu em direção à parte da Cúpula que estava visível.

– Ainda há bastante água para os peixes nadarem – observou o Mágico a bordo do barco. – Eles devem gostar do lago mais cheio, mas tenho certeza de que podem aguentar até subirmos a ilha e o enchermos novamente.

O barco tocou suavemente no vidro inclinado da cúpula, e o Mágico tirou algumas ferramentas da sua bolsa preta, removendo rapidamente um grande painel de vidro e fazendo um buraco grande o suficiente para que eles pudessem passar. Estruturas robustas de aço sustentavam o vidro da cúpula, e, em volta de uma dessas estruturas, o Mágico amarrou uma corda.

– Descerei primeiro – disse ele. – Por mais que eu não seja tão ágil quanto o Capitão Bill, posso controlar isso facilmente. Tem certeza de que a corda é longa o bastante para chegar até lá embaixo?

– Tenho sim – respondeu a Feiticeira.

O Mágico largou a corda e escalou pela abertura. Então abaixou-se, mão sobre mão, agarrando-se à corda com as pernas e os pés. Abaixo, nas ruas da vila, estavam reunidos todos os Skeezers, homens, mulheres e crianças, e você pode ter certeza de que Ozma e Dorothy, com Lady Aurex, encheram-se de alegria ao perceber que seus amigos estavam finalmente vindo em seu socorro.

O palácio da rainha, agora ocupado por Ozma, ficava no centro da cúpula, de modo que, quando a corda foi arremessada, sua ponta chegou bem na entrada do palácio. Vários Skeezers se agarraram à ponta da corda para estabilizá-la, e o Mágico chegou em segurança. Ele abraçou primeiro Ozma e depois Dorothy, enquanto todos os Skeezers aplaudiram o mais alto que podiam.

O Mágico notou que a corda era longa o suficiente para ir do topo da cúpula ao chão quando dobrada, então ele amarrou uma cadeira em uma das pontas e falou para Glinda sentar-se nela para que ele e alguns dos Skeezers a descessem. Assim, a Feiticeira alcançou o solo com bastante conforto, e as três Especialistas e Ervic logo a seguiram.

Os Skeezers rapidamente reconheceram as três Especialistas em Magia, a quem aprenderam a respeitar antes mesmo que sua maldosa rainha as traísse. Por isso, eles as acolheram de imediato. Todos os habitantes da vila sentiam-se muito assustados por estarem presos debaixo da água, mas perceberam que havia uma tentativa de resgatá-los.

Glinda, o Mágico e as Especialistas seguiram Ozma e Dorothy pelo palácio e pediram a Lady Aurex e a Ervic para juntarem-se a eles. Depois que Ozma contou suas aventuras na tentativa de evitar a guerra entre os Flatheads e os Skeezers e Glinda falou sobre a Expedição de Resgate e a restauração das três Especialistas com a ajuda de Ervic, o grupo teve uma conversa séria a respeito de como poderiam submergir a ilha.

– Tentei tudo que estava a meu alcance – disse Ozma –, mas Co-ee-oh usou um tipo de magia muito incomum, que eu não compreendo. Parece que ela preparou sua feitiçaria de tal forma que palavras mágicas são necessárias para realizar os encantamentos, e essas palavras são conhecidas somente por ela.

– Essa é uma técnica que a ensinamos – comentou a Especialista Aurah.

– Não há nada mais que eu possa fazer, Glinda – disse Ozma –, então gostaria que você tentasse o que quer que sua feitiçaria consiga realizar.

– Primeiro – disse Glinda –, vamos visitar o porão da ilha. Disseram-me que fica embaixo da vila.

Um lance de escadas de mármore saía de uma das suítes privativas de Co-ee-oh até o porão, mas todos ficaram intrigados com o que viram ao chegarem lá. No centro de uma sala ampla e baixa, havia grandes rodas dentadas, correntes e polias, todas interligadas e parecendo formar uma máquina enorme, mas não havia motor ou outra força motriz para fazer as rodas girarem.

– Este, suponho, é o meio pelo qual a ilha é abaixada ou levantada – disse Ozma –, mas não sabemos a palavra mágica necessária para mover as máquinas.

As três Especialistas começaram a examinar cuidadosamente aquele monte de rodas, e logo a de cabelos dourados disse:

– Essas rodas não controlam em nada a ilha. Uma parte delas é usada para abrir as portas das pequenas salas onde os submarinos são mantidos, como se pode notar pelas correntes e polias usadas. Cada barco fica em uma sala com duas portas, uma que dá para o porão onde estamos agora e a outra que dá para o lago.

– Quando Co-ee-oh usou o barco que atacou os Flatheads – continuou –, ela primeiro ordenou que a porta do porão se abrisse e, com seus súditos, entrou no barco e fez o topo da embarcação se unir sobre eles. Quando a porta do porão já estava fechada, a porta externa foi lentamente aberta, deixando a água encher a sala para fazer o barco flutuar, que em seguida saiu da ilha, mantendo-se embaixo da água.

– Mas como ela fazia para retornar? – perguntou o Mágico.

– O barco entrava na sala cheia de água, e, depois que a porta externa se fechava, uma palavra de comando acionava uma bomba que drenava toda a água do lugar. Então, o barco se abria e Co-ee-oh podia entrar no porão.

– Entendo – disse o Mágico. – É um método inteligente, mas não funciona a menos que se conheça as palavras mágicas.

– Outra parte desta máquina – começou a explicar a Especialista de cabelos brancos – é usada para estender a ponte da ilha ao continente.

A ponte de aço fica em um cômodo muito parecido com aqueles em que os barcos são mantidos. Ao comando de Co-ee-oh, a plataforma estendia-se, junta por junta, até que sua outra extremidade tocasse a margem do lago. O mesmo comando mágico fazia com que a ponte voltasse à posição em que estava. Claro que a ponte não poderia ser usada, a menos que a ilha estivesse na superfície.

– Mas como você acha que Co-ee-oh conseguia afundar a ilha e fazê-la subir de novo? – indagou Glinda.

Isso as Especialistas ainda não conseguiam explicar. Como nada mais poderia ser descoberto no porão, eles retornaram à suíte real, e Ozma mostrou-lhes um aposento especial onde Co-ee-oh mantinha seus instrumentos mágicos e executava todas as suas artes de feitiçaria.

AS PALAVRAS MÁGICAS

Muitas coisas interessantes foram vistas na Sala da Magia, incluindo vários itens roubados das Especialistas quando elas foram transformadas em peixes, mas eles precisavam admitir que Co-ee-oh tinha um gênio raro para a mecânica. Ela usou seu conhecimento para inventar muitos aparelhos mecânicos que bruxas comuns, mágicos e feiticeiros não conseguiam entender.

Todos inspecionaram com muita atenção a sala, tendo o cuidado de examinar cada item que encontraram.

– A ilha – disse Glinda, pensativa – repousa sobre uma base sólida de mármore. Quando está submersa, como agora, a base da ilha fica no fundo do lago. O que me intriga é como tamanho peso pode ser levantado e suspenso na água, até mesmo por mágica.

– Agora me lembro – disse Aujah – de que uma das artes que ensinamos a Co-ee-oh era como expandir o aço, e acho que isso explica como a ilha é elevada e abaixada. Notei no porão um grande pilar de aço que passa pelo chão e se estende para cima até chegar a este palácio.

Talvez o fim dele esteja escondido nesta sala mesmo. Se a extremidade debaixo do pilar de aço está embutida com firmeza na parte debaixo do lago, Co-ee-oh poderia proferir uma palavra mágica que faria o pilar expandir-se e, dessa forma, erguer toda a ilha ao nível da água.

– Encontrei o final do pilar de aço. É aqui – anunciou o Mágico, apontando para um lado da sala onde um grande tacho de aço polido parecia ter sido colocado no chão.

Todos reuniram-se em volta dela, e Ozma disse:

– Sim, tenho certeza de que esta é a extremidade superior do pilar que sustenta a ilha. Percebi isso quando vim aqui pela primeira vez. Vejam, está vazio, mas algo fora queimado no tacho, pois o fogo deixou marcas. Eu me perguntei o que havia embaixo dele e pedi a vários Skeezers para que viessem até aqui e tentassem levantá-lo para mim. Eles eram homens fortes, mas mesmo assim não conseguiram movê-lo.

– Parece-me – disse a Especialista Audah – que descobrimos a maneira como Co-ee-oh erguia a ilha. Ela devia queimar algum tipo de pó mágico no tacho e dizer a palavra mágica. Com isso, o pilar se expandia e suspendia a ilha com ele.

– O que é isso? – perguntou Dorothy, que fazia as buscas com os outros, e viu um pequeno buraco na parede, perto de onde o tacho de aço estava. Enquanto falava, Dorothy enfiou o polegar no buraco, e, instantaneamente, uma pequena gaveta saltou da parede.

As três Especialistas, Glinda e o Mágico correram até lá e olharam para dentro da gaveta. Ela estava metade preenchida com um pó acinzentado, e os pequenos grãos moviam-se constantemente, como se impulsionados por alguma força viva.

– Pode ser algum tipo daquele elemento químico, o rádio – disse o Mágico.

– Não – respondeu Glinda –, é algo ainda mais maravilhoso que o rádio. Eu o reconheço. É um pó mineral raro, chamado de gaulau pelos feiticeiros. Eu me pergunto como Co-ee-oh o descobriu e onde ela o obteve.

– Não há dúvida – disse a Especialista Aujah – de que este é o pó mágico que Co-ee-oh queimou no tacho. Se soubéssemos a palavra mágica, tenho certeza de que poderíamos levantar a ilha.

– Como solucionamos a palavra mágica? – perguntou Ozma, virando-se para Glinda enquanto falava.

– Isso é algo sobre o qual devemos pensar calmamente agora – respondeu a Feiticeira.

Então, todos sentaram-se na Sala da Magia e começaram a pensar. O ambiente estava tão quieto que, depois de um tempo, Dorothy ficou nervosa. A menina nunca conseguia ficar em silêncio por muito tempo e, mesmo correndo o risco de desagradar seus amigos praticantes de magia, ela disse de repente:

– Bem, Co-ee-oh usou apenas três palavras mágicas. A primeira para fazer a ponte funcionar, a segunda para tirar os submarinos do porão e a terceira para levantar e abaixar a ilha. Três palavras. E o nome de Co-ee-oh é feito de apenas três palavras: "Co", "ee" e "oh".

O Mágico franziu a testa, mas Glinda olhou com admiração para a jovem, e Ozma disse empolgada:

– Essa é uma boa ideia, querida Dorothy! Você pode ter resolvido nosso problema.

– Acho que vale a pena tentar – concordou Glinda. – Seria bastante natural para Co-ee-oh dividir seu nome em três sílabas mágicas, e a sugestão de Dorothy parece uma iluminação.

As três Especialistas também aprovaram a decisão, mas a de cabelos castanhos disse:

– Devemos ter cuidado para não usar a palavra errada e mandar a ponte para debaixo da água. O principal, se a ideia de Dorothy estiver correta, é acertar a palavra que faz a ilha se mover.

– Vamos tentar – sugeriu o Mágico.

Na gaveta, ao lado do pó cinza em movimento, havia uma pequena xícara de ouro, que eles pensaram ser usada para medição. Glinda encheu a xícara com o pó e, cuidadosamente, o despejou no tacho raso, que era o topo do grande pilar de aço que sustenta a ilha. Em seguida, a Especialista Aurah acendeu uma vela e tocou no pó, que, no mesmo instante, brilhou em um vermelho intenso e caiu sobre o tacho com uma energia surpreendente. Enquanto os grãos de pó ainda brilhavam, vermelhos, a Feiticeira curvou-se sobre eles e disse em uma voz de comando:

– Co!

Eles esperaram imóveis para ver o que aconteceria. Houve um grande barulho e um rodar de engrenagens, mas a ilha não se moveu nem uma partícula sequer.

Dorothy correu para a janela, que dava para o lado de vidro da cúpula.

– Os barcos! – ela gritou. – Os barcos estão todos soltos e andando na água.

– Cometemos um erro – disse o Mágico, com tristeza.

– Mas é um erro que mostra estarmos no caminho certo – declarou a Especialista Aujah. – Agora sabemos que Co-ee-oh usou mesmo as sílabas do seu nome para as palavras mágicas.

– Se "Co" controla os barcos, é provável que "ee" faça a ponte funcionar – sugeriu Ozma. – Portanto, a última parte do nome pode erguer a ilha.

– Vamos tentá-la, então – propôs o Mágico.

Ele raspou as brasas do pó queimado do tacho e Glinda novamente encheu a xícara de ouro e a colocou em cima do pilar de aço. Aurah iluminou com a vela, e Ozma curvou-se sobre o tacho murmurando a sílaba alongada:

– Oh-h-h!

De maneira instantânea, a ilha tremeu. Com um barulho estranho, ela começou a se mover para cima, lentamente, muito lentamente, mas com um movimento constante, enquanto o grupo permanecia em um silêncio deslumbrado. Foi algo maravilhoso, até mesmo para aqueles com habilidades nas artes da magia, bruxaria e feitiçaria, ver que uma única palavra poderia elevar aquela grande e pesada ilha, com sua imensa cúpula de vidro.

– Por que... agora estamos bem acima do lago? – questionou Dorothy, olhando pela janela, quando finalmente a ilha parou de se mover.

– É porque antes baixamos o nível da água – explicou Glinda.

Eles ouviram aplausos intensos dos Skeezers pelas ruas da vila, ao perceberem que foram salvos.

– Venham – disse Ozma eufórica –, vamos descer e nos juntar ao povo.

– Ainda não – respondeu Glinda, com um grande sorriso em seu adorável rosto, pois ela estava muito feliz com o sucesso deles. – Primeiro, vamos estender a ponte até a margem do lago, onde nossos amigos da Cidade das Esmeraldas estão esperando.

Não demorou muito para que colocassem mais pó no tacho e o acendessem, pronunciando em seguida a sílaba "ee!". O resultado foi que uma porta no porão se abriu e a ponte de aço saiu, estendendo-se, junta por junta, e finalmente pousando sua extremidade bem em frente ao acampamento.

– Agora – disse Glinda – podemos subir e receber as saudações dos Skeezers e dos nossos amigos da Expedição de Resgate.

Do outro lado da água, na margem do lago, a Menina dos Retalhos acenava para eles, dando as boas-vindas.

O TRIUNFO DE GLINDA

Claro que todos aqueles que se juntaram à expedição de Glinda atravessaram a ponte em direção à ilha, onde foram calorosamente recebidos pelos Skeezers. Diante da multidão, em uma das varandas do palácio, a princesa Ozma fez um discurso determinando que eles a reconhecessem como sua governante legítima e prometessem obedecer às leis da Terra de Oz. Em troca, ela concordou em protegê-los de todos os perigos futuros e declarou que eles não seriam mais submetidos à crueldade e aos abusos.

Isso agradou muito aos Skeezers, e quando Ozma disse a eles que poderiam eleger uma rainha para governá-los, que, por sua vez, estaria sob os comandos de Ozma de Oz, eles votaram em Lady Aurex. Nesse mesmo dia, a cerimônia de coroamento da nova rainha foi realizada e Aurex foi instalada como a nova proprietária do Palácio.

Para seu primeiro-ministro, a rainha escolheu Ervic, uma vez que as três Especialistas comentaram sobre o bom senso, a fidelidade e a sagacidade do jovem. Todos os Skeezers aprovaram a nomeação.

Glinda, o Mágico e as Especialistas ficaram na ponte e recitaram um encantamento que encheu o lago por completo novamente. O Espantalho e a Menina dos Retalhos subiram ao topo da Grande Cúpula e trocaram o painel de vidro antes removido para permitir que Glinda e seus companheiros entrassem.

Ao anoitecer, Ozma ordenou que fosse preparado um grande banquete, para o qual todos os Skeezers foram convidados. A vila estava lindamente decorada e brilhantemente iluminada. Houve música e dança até tarde para celebrar a liberdade daquele povo. Enfim, os Skeezers foram libertados, não apenas da água do lago, mas da crueldade da sua ex-rainha.

Enquanto o grupo da Cidade das Esmeraldas preparava-se na manhã seguinte para partir, a rainha Aurex disse a Ozma:

– Há apenas uma coisa que temo agora por meu povo: a inimizade do terrível Flathead Di-Su. Ele pode vir aqui a qualquer hora nos incomodar. Meu povo Skeezer é pacífico e incapaz de lutar contra os selvagens e obstinados Flatheads.

– Não se preocupe – respondeu Ozma, tranquilizando a rainha. – Pretendemos fazer uma parada na Montanha Encantada dos Flatheads e punir Di-Su por seus delitos.

Isso satisfez Aurex, e quando Ozma e seus seguidores foram para a ponte em direção à margem do lago, após se despedirem dos seus amigos, todos os Skeezers aplaudiram e agitaram seus chapéus e lenços, enquanto a banda tocava. Aquela partida foi, de fato, uma cerimônia memorável.

As três Especialistas em Magia, que anteriormente governaram os Flatheads com sabedoria e consideração, foram com a princesa de Oz e seu grupo. Elas prometeram para Ozma que ficariam na montanha e observariam a aplicação das leis.

Glinda ouviu tudo sobre os curiosos Flatheads. Ela então consultou o Mágico e bolou um plano para torná-los mais inteligentes e agradáveis de olhar.

Ao chegarem à montanha, Ozma e Dorothy mostraram ao restante do grupo como passar pela parede invisível, construída pelos Flatheads depois de as Especialistas serem transformadas. Também mostraram como seguir pela escada que ia para cima e para baixo e levava ao topo.

Di-Su viu a aproximação do grupo pela beira da montanha e assustou-se ao notar que as três Especialistas recuperaram suas formas originais e estavam de volta à sua antiga casa. Ele percebeu que seu poder logo acabaria. Ainda assim, estava determinado a lutar até o fim. Ele chamou todos os Flatheads e os armou. Disse-lhes para prender aqueles que subissem a escada e os arremessassem montanha abaixo. Embora os soldados Flatheads temessem o Ditador Supremo, que ameaçou puni-los caso não obedecessem aos comandos dele, eles jogaram as armas no chão tão logo viram as três Especialistas e imploraram às suas antigas governantes que os protegessem.

As três Especialistas asseguraram aos exaltados Flatheads que eles não tinham nada a temer.

Ao perceber que seu povo se rebelou contra ele, Di-Su fugiu e tentou esconder-se, mas as Especialistas o encontraram e o mandaram à prisão. Todas as latas de cérebro que ele tinha foram tiradas dele.

Após essa vitória fácil sobre Di-Su, Glinda contou às Especialistas seu plano, já aprovado por Ozma de Oz, e elas, com alegria, concordaram. Então, durante os dias seguintes, a grande Feiticeira transformou, de certa forma, todos os Flatheads da montanha.

Glinda aproximou-se de um por um, abriu a lata de cérebro que lhe pertencia e o colocou por cima da sua cabeça chata. Por meio das artes de feitiçaria que dominava, ela fez com que a cabeça crescesse sobre o cérebro, da maneira como é para a maioria das pessoas. Dessa forma, os Flatheads passaram a ser tão inteligentes e bem-apessoados quanto qualquer outro habitante da Terra de Oz.

Após essa transformação, não havia mais cabeças-chatas por ali, e as Especialistas então decidiram dar um novo nome ao seu povo: Montanhistas. Outro resultado positivo da feitiçaria de Glinda foi o fato de que eles agora não poderiam ter uma quantidade maior de cérebro que a de direito. Assim, cada pessoa tinha exatamente o que devia ter.

Até mesmo Di-Su recebeu sua porção de cérebro e sua cabeça chata tornou-se redonda, como as dos outros, mas todo o poder dele foi retirado para que não causasse mais danos. E, com a vigilância constante das Especialistas, ele se veria forçado a tornar-se obediente e humilde.

A Porca Dourada, que corria grunhindo pelas ruas, sem cérebro nenhum, foi desencantada por Glinda. Novamente como uma mulher, também lhe foram dados um cérebro e uma cabeça redonda. A esposa do Di-Su já havia sido mais perversa do que seu próprio marido, mas se esqueceu de toda a maldade e, provavelmente, seria uma boa pessoa depois disso.

Após tudo realizar-se satisfatoriamente, a princesa Ozma e seu povo despediram-se das três Especialistas e partiram para a Cidade das Esmeraldas, satisfeitos com suas incríveis aventuras.

Eles voltaram pela estrada pela qual Ozma e Dorothy tinham vindo, parando para pegar o Cavalete e a carruagem vermelha onde foram deixados.

– Estou tão feliz por ter ido me encontrar com essas pessoas – disse a princesa Ozma –, não apenas porque evitei uma guerra entre elas, mas por terem sido libertadas do domínio de Di-Su e de Co-ee-oh. Agora, elas estão felizes e são súditas leais da Terra de Oz. O que prova que é sempre sábio cumprir o próprio dever, por mais desagradável que esse dever possa parecer.